AF234809

Das Buch

Das Leben ist endlich, besonders wenn jemand anderes dafür sorgt. Ob Verwandte, Nachbarn oder Fremde – jeder kann den Tod bringen, manchmal auf humorvolle Weise, manchmal dramatisch und manchmal mit viel Blut.

Die Autorin

Sylke Tannhäuser
Schreibt Kriminalromane sowie
Kurzgeschichten und Regionalliteratur und
arbeitet als Schreibcoach
www.sylke-tannhäuser.com

Sylke Tannhäuser

Chippendales mit Mischgemüse

15 kriminelle Kurzgeschichten

Impressum

5. Ungekürzte Taschenbuchausgabe

Copyright@2023 S. Tannhäuser

Bilder by pixabay

Herstellung und Verlag: BoD - Books on Demand, Norderstedt

ISBN 978-3-754-34327-2

Inhaltsverzeichnis

Chippendales mit Mischgemüse

Arno Düstermann, 52 Jahre, verheiratet und kinderlos, wohnte in Berlin, in einem Viertel, das sich in den letzten Jahren zu einer gehobenen Gegend gemausert hatte.

Seine Nachbarin war Leonore Vandermei, eine bekannte Filmschauspielerin, die eine Villa von mindestens 500 qm ihr Eigen nannte, das Grundstück nicht mitgerechnet.

Auf einem Gebiet derselben Größe lebten in Asien mehrere Familien, also einige hundert Menschen, und es war noch Platz für eine Kompostieranlage, ein Hotel mit einem Einkaufscenter und eine Hochleistungsfabrik, in der Markenklamotten gefälscht wurden.

Die Vandermei wohnte allein, und deshalb fühlte sich Arno den Asiaten verbundener als ihr. Er hatte sein Haus von den Eltern geerbt und hasste jeden Einwohner der Gegend, der mit Hilfe seiner finanziellen Überlegenheit aus dem früher beschaulichen Stadtteil ein Schickimicki-Viertel machte. Ihm selbst lag Protzerei fern, und eigentlich wollte er nur in Ruhe seine Bedürfnisse pflegen. Die bestanden vorwiegend darin, den Job als Einkäufer einer mittelgroßen Drogeriekette möglichst ohne Probleme zu erledigen und außerdem seinem Hobby zu frönen.

Eine Nachbarin wie die Vandermei passte weder zu ihm noch zu seinen Lebensvorstellungen.

Hilli, Arnos Frau, mochte die Vandermei genau so wenig wie er, vor allem, weil das Düstermannsche Haus
nur halb so groß wie das der berühm-
ten Nachbarin war. Außerdem war es
seit derem Einzug aufgrund des Party-
lärms mit Hillis Nachtruhe vorbei. So
auch an diesem Abend.

Hilli hatte bereits drei Pillen ein-
geworfen, doch an Schlaf war nicht zu
denken. Sie rüttelte Arno, bis er munter
war, und wühlte sich aus den Laken.
»Die Dame kann etwas erleben.«

»Lass es doch«, beschwor Arno sie,
obwohl er ahnte, dass sein Appell hoff-
nungslos sein würde. War Hilli erst in
Fahrt, konnte sie nichts und niemand
mehr aufhalten.

Wie erwartet machte sich Hilli nicht
einmal die Mühe, ihm zu antworten,
sondern warf sich den rosafarbenen
Bademantel über und marschierte mit
kämpferischer Miene hinaus.

Kurz darauf war Arno wieder eingeschlafen.

Als er am nächsten Morgen in die Küche kam, saß Hilli schon am Frühstückstisch. »Ich habe eine große Überraschung für dich«, begrüßte sie ihn.

Wenn Hilli in diesem Tonfall von Überraschungen sprach, war Vorsicht geboten. Arno wusste nie so ganz, wie viel potentieller Stress sich hinter dem harmlos klingenden Wort verbarg, und sogleich wurde ihm ein bisschen flau in der Magengegend.

»Du weißt doch noch, dass ich gestern zu unserer Nachbarin rübergegangen bin? Sie war sehr nett und hat mich eingeladen zu bleiben, wo ich doch ohnehin nicht schlafen konnte. Also bin ich geblieben und habe mitgefeiert. Ich bin auch gar nicht aufgefallen mit meinem Frotteemantel. Die Leute in der Showbranche sind ja so tolerant, was das Outfit betrifft. Es war sehr lustig, sogar eine Tanzeinlage gab es, und weißt du, von wem?« Hilli beugte sich vor. »Von den Chippendales. Das sind die jungen Männer, die tanzen und sich ausziehen. Die aus dem Fernsehen, du weißt schon.«

Arno wusste es nicht, nickte aber vorsichtshalber.

Hilli nahm ein Brötchen und schnitt es auf. »Ich habe noch nie einen so tollen Abend wie gestern erlebt, und deshalb habe ich entschieden, die Jungs für deinen Geburtstag zu engagieren. Und Leonore lade ich ebenfalls ein.«

»Leonore?«

»Seit gestern sind wir per du. Vielleicht sogar Freundinnen. Wie gesagt, wir laden sie ein. Du wirst sehen, dein Geburtstag wird wundervoll.«

Arno traute sich nicht, ihr zu widersprechen. Wehmütig dachte er daran, wie schön das Leben vor seiner Ehe gewesen war, und er überlegte, was er

13

tun könnte, um es wieder so schön werden zu lassen. Allerdings kam er zu keinem Entschluss, weil Hilli ihm keine Zeit zum Nachdenken ließ, sondern lautstark erläuterte, wie sie sich die Feierlichkeiten vorstellte. Erst der tiefe Klang des Regulators aus dem Wohnzimmer rettete ihn vor ihrer Begeisterung. Acht dunkle Schläge. Die Arbeit wartete.

Der Tag verlief ohne nennenswerte Vorkommnisse. Der übliche Einkaufstermin beim Großhändler und das Ordern von Toilettenpapier, drei- oder vierlagig, geriffelt oder glatt, beanspruchte seine ganze Aufmerksamkeit.

Erst auf dem Nachhauseweg fiel ihm ein, welcher Tag heute war. Ein Mittwoch, und allmählich keimte Freude in ihm auf.

»Gut, dass du endlich auftauchst«, wurde er von Hilli begrüßt, kaum dass er das Haus betreten hatte. »Ich habe für das Wochenende eine kleine Feier organisiert. Als Test für deinen Ehrentag. Dein Chef hat sein Kommen bereits zugesagt, und er bringt seine neue Frau mit.«

Arno atmete tief ein und verzog sich resigniert in den Hobbyraum.

Das Zimmer wurde diesem Namen nicht ganz gerecht. An den Wänden standen Regale, die bis unter die Decke mit Kartons gefüllt waren. Karten- und Gesellschaftsspiele aller Art stapelten sich darin. Nur die Utensilien, die seinem tatsächlichen Hobby dienten, die waren gut verborgen.

Er öffnete sein Geheimversteck und kramte den braunen Gummianzug hervor. Schnell verstaute er ihn in seinem Rucksack und legte nach kurzem Überlegen auch den Beißkorb dazu.

Die Türglocke schellte, und eine schrille Stimme ließ ihn zusammenzucken. Frieda, Hillis beste Freundin, kam wie jeden Mittwoch zu Besuch, während ihr Mann im Kaninchenzüchterverein den Hasen die Löffel langzog.

»Ist Arno schon unterwegs?«, hörte er Frieda durch die halbgeöffnete Tür fragen.

»Fast«, antwortete Hilli. »Er packt seine Sachen. Dreimal die Woche geht er zu seinem Spieleabend.«

Arno grinste. Hilli würde aus den Latschen kippen, wenn sie wüsste, welche Spiele er heute geplant hatte. Hunderitt war eines davon. Dazu kettete ihn die Domina an ein Gitter und traktierte ihn mit Fußtritten. Das vertrieb alle anstrengenden Gedanken. Wenn man einem Stiefel mit Metallspitze ausweichen musste, dachte man immer nur an das Naheliegendste: das Überleben.

Als er am Abend ins Bett fiel, fühlte er sich wie erschlagen, doch zugleich war er sehr zufrieden. Bis zu dem Moment, in dem Hilli ihn kurz vor dem Einschlafen aus dem angenehmen Dämmerzustand riss. Und das nur, um ihn zu fragen, ob sie zu der geplanten Wochenendparty Pilze oder Mischgemüse servieren sollte.

Halblaut etwas Nichtssagendes murmelnd drehte er sich auf die Seite, aber Hilli ließ nicht locker. Lang und breit wog sie die Vor- und Nachteile der einzelnen Gemüsesorten gegeneinander ab. »Pilze sind nicht jedermanns Sache«, sagte sie. »Mischgemüse hingegen essen alle, aber sie sind ziemlich bürgerlich. Vor allem, wenn die Chippendales tanzen. Pilze oder Mischgemüse – das ist die Frage.«

Arno zog sich die Decke über die Ohren. »Mischgemüse. Pilze sind zu teuer.«

Offensichtlich hatte er einen wunden Punkt bei Hilli getroffen, denn verschnupft fragte sie, warum er nicht wenigstens reich wäre, wo er doch nicht einmal besonders schön sei. Das war der Augenblick, in dem er beschloss, sie loszuwerden.

Die restliche Nacht und auch am folgenden Tag wälzte er verschiedene Mordmethoden im Kopf hin und her, doch er kam zu keinem Ergebnis. Alle erschienen ihm zu gefährlich zu sein, man würde ihn sofort als Täter überführen.

Auf dem Heimweg kam er an einem Lebensmittelmarkt vorbei, und da hatte er die zündende Idee. Kurzentschlossen kaufte er eine Tüte Mischgemüse.

Im Eichenwäldchen um die Ecke wusste er eine Stelle, an der besonders viele Knollenblätterpilze wuchsen. Es dauerte keine zehn Minuten, da hatte er ein halbes Kilo zusammen. Zu Hause warf er die Pilze in eine Pfanne und briet sie in reichlich Kräuterbutter, bis sie einen graubraunen Matsch bildeten, den er unter die erhitzten Erbsen und Karotten rührte.

Hilli staunte nicht schlecht, als er sie zum Verkosten rief. Mehr noch, sie lobte ihn sogar. »Ein guter Kompromiss«, befand sie. »Mischgemüse mit Pilzen, das passt zu unseren Gästen und auch zu den Chippendales.«

Löffel für Löffel wanderte in ihren Mund, nicht das geringste Stückchen ließ sie für Arno zurück, aber er hätte das Zeug ohnehin nicht gewollt.

Es dauerte geschlagene zwölf Stunden, bis Hilli endlich den Geist aufgab und Arno den Notarzt rufen konnte. Der kam nicht umhin, ihren Tod festzustellen, und als Arno ihm die noch in der Bratpfanne klebenden Reste der Pilze zeigte, registrierte er, dass Hilli sich wohl vergiftet haben musste. Ein bedauerlicher Irrtum, wenn man sich nicht gut mit Pilzen auskannte und die giftigen für genießbar hielt – mitunter kamen solche Verwechslungen vor. Tragisch. Der Doktor informierte die Polizei und die Staatsanwaltschaft, die daraufhin Männer schickte, um Hillis sterbliche Hülle zur Untersuchung in die Rechtsmedizin zu bringen.

Kaum waren sie aus dem Haus, telefonierte Arno mit den Gästen, die Hilli für das Wochenende eingeladen hatte, und sagte die Party ab. Danach packte er seinen Koffer. Eine Reise in den Süden würde ihm jetzt guttun. Einfach weg und was anderes sehen. Vielleicht auch ein paar neue Spielchen machen. Außer dem Hunderitt gab es noch zahlreiche weitere Optionen, und jetzt musste er sich nicht mehr verstecken, um sie auszukosten.

Es gab nur zwei Dinge, auf die er gut und gern verzichten konnte: die Chippendales und Mischgemüse.

Hilfe, der Klempner kommt

Uschi betrat mit ihrem Nachwuchs auf dem Arm das Badezimmer. »Jetzt machen wir Badibadi«, sagte sie.

Ein freudiges Krähen antwortet ihr, und sie lächelte sanft.

Seit Chantal-Cloe-Mathilda in ihr Leben getreten war, sah Uschi die Welt in rosaroten Farben. Dabei hatte sie ursprünglich die Hoffnung auf ein eigenes Kind längst aufgegeben. In erster Linie, weil ihr kein Mann als Erzeuger gut genug erschienen war. Bis sie vor anderthalb Jahren Urlaub in Italien gemacht hatte. Dort war sie auf Umberto gestoßen. Er war gut gebaut, charmant und nach eigener Aussage Inhaber einer Professur für Philosophie an der Aristoteles-Universität in Thessaloniki. Schönheit und Intellekt in perfekter Symbiose, dazu eine gehörige Portion Sexappeal, und das alles ganz unverbindlich, denn Umberto hatte keinen Zweifel daran gelassen, dass er lediglich auf einen Flirt aus war.

Das Testosteron in ihr war vor Freude auf- und abgesprungen, also hatte sie nicht gezögert und die gute Gelegenheit beim Schopf gepackt. Das Resultat war neun Monate später da, ihre Chantal-Cloe-Mathilda.

Damit hatte sich bewahrheitet, was schon Uschis Oma oft behauptet hatte: Was lange währt, wird gut.

Denn eines stellte Uschi immer wieder fest: Ihr Baby war das allerschönste Baby der ganzen Welt.

Sacht setzte Uschi die Schönste der Schönen auf den flauschigen Vorleger und drehte den Wasserhahn auf. Mit dem Ellenbogen prüfte sie die Temperatur und ließ die Kleine vorsichtig in die Wanne gleiten.

Die Schönste quietschte vergnügt und strampelte kräftig mit ihren strammen Beinchen. Doch bevor sie völlig in das Wasser eintauchen konnte, wurde der Strahl aus dem Hahn dünner und dünner, bis sich nur noch zwei, drei Tropfen herausquälten. Ein trockenes Röcheln folgte, dann war auch damit Schluss.

»Jetzt ist das Badibadi leider vorbei«, verkündete Uschi, hob Chantal-Cloe-Mathilda aus der nur mäßig gefüllten Wanne und rubbelte mit einem Handtuch das Wasser von der ohnehin noch trockenen Fontanelle bis zum nassen Zeh. Die Schönste zog einen Flunsch und schrie, was ihre kleinen Lungen hergaben, wodurch wiederum Uschi litt, wie nur Mütter leiden können, sobald der Nachwuchs ein Problem hat.

»Gutschigutschi, alles wird wieder gut«, versprach sie schnell, brachte Chantal-Cloe-Mathilda in ihr Himmelbettchen und wählte die Telefonnummer des Hausmeisters. In Anbetracht ihres energischen Tonfalls versprach der ihr, umgehend einen Klempner vorbeizuschicken.

Tatsächlich tauchte keine zwei Stunden später ein Mann vor Uschis Haustür auf, der den Geschichten über Lolek und Bolek zu entstammen schien und auch so sprach.

»Es handelt sich um einen äußerst dringenden Notfall«, empfing Uschi ihn, wurde jedoch sogleich unterbrochen, indem der Mann einen unverständlichen Namen murmelte und *Polski* hinzusetzte. Wahrscheinlich um

anzudeuten, dass sie sich ihren Wort-
schwall sparen konnte, da er ohnehin
kein Deutsch verstand.

Dafür marschierte er schnurstracks
ins Badezimmer.

Inzwischen war die schöne Chantal-
Cloe-Mathilda aufgewacht.

Uschi beeilte sich, sie auf den Arm zu
nehmen und folgte dem Polen. Sie
drückte der Kleinen die Badeente in die
Hand und beobachtete von der Tür
aus, wie der Mann die Armatur begutachtete und daran herumrüttelte.

»Kaputtt, das Leitung«, stellte Lolek-Bolek schließlich fest und nickte
gewichtig.

Die Schönste, naturgemäß in ihrem
zarten Alter nicht fähig, solcherart An-
sagen zu verstehen, warf ihm die gelbe
Badeente an den Kopf.

Lolek-Bolek lächelte gequält und
nahm den Wasserhahn auseinander. Er
ruckte kräftig an der Zuleitung, einmal,

zweimal, und auf den Fliesen bildeten sich Risse. Außerdem vibrierten sie bedenklich.

»Das Mauerrr ich muss prrrüfen. Ist wegen Festigkeit.«

Mit einem Hämmerchen hackte er die Leitung frei. Die Fliesen polterten von der Wand und zersprangen auf dem Boden, direkt an der Stelle, wo vor kurzem noch der flauschige Badvorleger gewesen war. Sie hinterließen ein unschönes Loch.

»Huch«, sagte Lolek-Bolek und griff kopfschüttelnd nach Hammer Nummer zwei, dem größeren Kollegen des Hämmerchens. Damit wummerte er eine Bresche in die Wand. »Um zu kommen mit Schweißbrrrennerrr an Leitung von Wasserrr«, wie er erklärte.

Zwischendurch hielt er immer wieder inne, um neue Kraft zu schöpfen.

Angesichts des Lärms, den die herabknallenden Ziegelsteine verursachten, schrie die Schönste wie am Spieß und strampelte auf Uschis Arm, was das Zeug hielt.

Lolek-Bolek – fertig mit der Wand - untermalte ihr Heulen mit dem Presslufthammer, um nun auch das Loch auf dem Boden auf etwa zwei Quadratmeter auszuweiten.

»Fürrr Abfluss, das besserrr.« Seine Augen glänzten.

Das Bad sah aus wie ein Trümmerhaufen, aber Lolek-Bolek pfiff vor sich hin. Genauso schief, wie er die Leitung wieder zusammenflickte.

Mittlerweile hatte sich das Gesicht der Schönsten vor Anstrengung dunkelrot gefärbt. Aus dem kleinen Mund kam nur noch ein Wimmern.

Uschi konnte nicht länger mitansehen, wie ihr Sonnenscheinchen litt. Sie musste dem ein Ende bereiten.

Ein Hieb mit Hammer Nummer zwei – dem großen - ließ Lolek-Bolek zu Bo-

den gehen, direkt in das Loch im Fußboden. Uschi schüttete den von Lolek-
Bolek angemischten Fertigmörtel darüber und strich alles schön glatt.

Danach korrigierte sie die schiefe
Leitung und verankerte sie wieder in
der Wand. Einige Kellen Mörtel davor,
Farbe dran, und alles sah aus wie neu.
Den Fußboden flieste sie bei der Gelegenheit gleich mit. Zuletzt besorgte sie
einen anderen Wasserhahn und schloss
ihn an.

»Jetzt machen wir aber wirklich Badibadi«, versprach sie ihrer Chantal-
Cloe-Mathilda.

Ein freudiges Krähen antwortete ihr.
Uschi lächelte glücklich und breitete
die Bademate aus. An der Stelle, wo sie
Lolek-Bolek wusste, der die Schönste
der Schönen nie wieder ärgern würde.

Mutter Pritz muss putzen

»Sehr gemütlich haben Sie es hier, Frau Pritz.« Bodo Manzold, Journalist der örtlichen Tageszeitung, schaute sich im Pritzschen Wohnzimmer um, das aus einem Rosamunde-Pilcher-Roman zu stammen schien. Begleitet von einem Schnaufen ließ er sich in den geblümten Sessel vor dem Kamin fallen. Es war ihr Lieblingsplatz. Niemand außer ihr durfte ihn benutzen.

Für einen winzigen Augenblick runzelte Mutter Pritz die Stirn. »Möchten

Sie etwas trinken? Einen Kaffee, vielleicht? Ich habe ihn eben erst gekocht.«

»Ein Kognak wäre mir lieber.« Manzold räkelte sich.

Mutter Pritz starrte auf seine Beine. Sie waren weit auseinandergespreizt. Genauso hatte Hugo, ihr Mann, immer dagesessen. »In diesem Haus gibt es keinen Alkohol«, erwiderte sie.

Manzold verzog den Mund. »Dann also Kaffee.«

Während sie die Tassen aus dem Buffetschrank holte, verharrte ihr Blick auf Manzolds Schoß. Erneut runzelte sie die Stirn. Wenn sich ein Mann auf diese Art und Weise niederließ, beanspruchte er mehr Raum als ihm zustand. Indem er sich breitmachte, blieb seiner Nachbarin nichts anderes übrig, als bis zur äußersten Kante des eigenen Sitzes zu rutschen. Vor allem in der Straßenbahn. Oder im Bus. Oder im Wartezimmer von Doktor Schmidt. Diesbezüglich verfügte sie über umfangreiche Erfahrungen, so dass sie, wo immer es möglich war, den Platz neben Männern mied. Aber diesmal würde sie eine Ausnahme machen müssen, denn aus dem Sessel musste dieser Schreiberling heraus.

Hart stellte sie die Tassen auf den Couchtisch. »Ich muss Sie bitten, sich zu mir herüberzubemühen. Das Sofa ist sehr bequem.« Sie setzte sich.

Als Manzold neben ihr auf das Polster plumpste, hüpfte sie ein Stückchen in die Höhe, und obwohl sie sich Mühe gab, konnte sie nicht verhindern, dass beim Landen sein Bein gegen das ihre drängte. Schnell rückte sie zur Seite.

Manzold rutschte nach. Er griff nach der Tasse und setzte sie an die Lippen. Natürlich schlürfte er, sie hätte es sich denken können. Auch diese Eigenart teilte er mit Hugo.

»Köstlich, Frau Pritz. Äußerst zu empfehlen, Ihr Kaffee. Wenn er auch vielleicht ein wenig zu dünn ist. Blümchenkaffee. Hahaha.« Manzold zückte Stift und Papier. »Sie wissen ja, dass ich wegen Ihres Mannes gekommen bin.«

Er schien Zustimmung zu erwarten, doch Mutter Pritz schaute ihn lediglich an.

Manzold räusperte sich laut. »Hugo Pritz war ein bedeutender Autor, einer der Großen der Gegenwart. Er hinterlässt eine Lücke in der Reihe der deutschen Kriminalschriftsteller. Mein Artikel soll ihn noch einmal aufleben lassen, Sie verstehen?«

Jetzt nickte Mutter Pritz doch noch, aber nur, weil sein Bein erneut gegen das ihre gestoßen war. Sie machte sich so schmal es ging, aber je mehr sie nachgab, umso mehr Fläche nahm Manzold ein. Noch ein Stück, und er würde im Spagat sitzen.

»So etwas müsste verboten werden«, sagte sie.

»Wie bitte?«

»Ein Körper, ein Sitz. Mehr gibt es dazu nicht zu sagen.« Mutter Pritz drückte den Rücken durch. Was, zum Teufel, war an ihrer Meinung nicht zu kapieren?

Dieser Manzold schien schwer von Begriff zu sein. Zumindest schaute er, als ob er nicht die geringste Ahnung hätte.

»Ähm, ja.« Manzold fuhr sich mit der Zungenspitze über die Lippen, zwischen denen noch ein winziger Kaffeetropfen hing. »Zurück zu Ihrem Herrn Gemahl.«

»Ehemaliger Gemahl«, korrigierte sie ihn. »Hugo ist tot.«

»Wissen Sie, woran er zuletzt gearbeitet hat?«

Mutter Pritz schüttelte schnell den Kopf. »Ich habe mich kaum dafür interessiert, womit er sich beschäftigt hat oder was er trieb.«

»Schade. Kommen wir also auf seine größten Werke zu sprechen. Ich nenne nur zwei: *Die weiße Drossel bellt nicht mehr* und *Der Burgunderbaum wirft Blätter ab*. Für beide Romane wurde er mit Preisen überhäuft. Sagen Sie mal«, Manzold beugte sich zu ihr, »wie hat es sich neben einem derartigen Genie gelebt?«

Feine Speicheltropfen landeten bei der Frage auf ihrer frisch gestärkten Bluse, doch Mutter Pritz tat, als hätte sie nichts bemerkt und überlegte.

Hugo und sie waren fast dreißig Jahre lang ein Paar gewesen, neun davon als Eheleute gemeinsam unter einem Dach. Neun Jahre. Das waren 108 Monate oder fast 40.000 Tage. Eine Ewigkeit, wie ihr schien. Schon nach dem ersten Jahr hatte sie gehen wollen, nur um dann doch zu bleiben. Aus

Gewohnheit gewissermaßen und vielleicht auch aus Dankbarkeit, dass Hugo sie nach der langen Zeit der wilden Ehe doch noch zum Traualter geführt hatte.

Aber sie musste zugeben, dass Hugo ihr die Entscheidung auch erleichtert hatte. Auf seine Art war er anpassungsfähig gewesen. Sie hätte eine Woche lang tot neben ihm im Doppelbett liegen können, und er hätte es vermutlich erst daran bemerkt, dass sie am Samstagabend nicht wie gewohnt sexuell interessiert gewesen wäre. Oder daran, dass es am Sonntag keinen Schweinebraten gegeben hätte, und gewiss hätte er sich schon kurze Zeit später mit der neuen Situation angefreundet.

Andererseits ...

Sie seufzte.

Manzold setzte einen Blick auf, der wohl mitfühlend sein sollte, auf sie jedoch nur dümmlich wirkte. »Ich verstehe, wenn Sie nicht viel über Ihr Leben an des Künstlers Seite erzählen wollen. Sie haben ihn wohl sehr geliebt.«

»Das habe ich in der Tat.« Energisch nickte sie. »Er war ein wundervoller Mann. Gutaussehend, intelligent und charmant wie ein Franzose.«

»Es heißt, dass er eine Schwäche für schöne Frauen gehabt hat, doch das konnte Ihrer Beziehung wohl nichts anhaben. Stimmt das?«

Erneut traf sie ein Speichelregen, und diesmal musste sie alle Beherrschung aufbringen, um nicht aufzuspringen. »Junger Mann, ich werde bald achtzig. In diesem Alter spielen solche Sachen keine vorrangige Rolle mehr.« Trotzig starrte sie ihn an.

Im Nachhinein musste sie sich eingestehen, dass sie Hugos Fehlern gegenüber inzwischen milde gestimmt war. Ihre Erinnerung verleugnete seine und auch ihre eigenen Widerwärtig-keiten. Wie sagt der Volksmund doch gleich? Wenn es vorbei ist, ist es am schönsten. In ihrem Fall traf das den Nagel auf den Kopf.

Manzold griff nach einem Keks und biss hinein. Krümel landeten auf dem Teppich, und Mutter Pritz zuckte zu-sammen. Auch Hugo hatte beim Essen gekrümelt. Dieser Schreiberling fing an, ihr auf die Nerven zu gehen.

»Um auf sein Schaffen zurückzu-kommen«, nuschelte Manzold mit vol-lem Mund. »*Die weiße Drossel bellt nicht mehr* handelt von einem Mann, der seine Frau verlässt, um in Halberstadt eine Meerschweinzucht aufzubauen. Trägt der Roman etwa autobiografi-sche Züge?«

»Hugo ist nie in Sachsen-Anhalt ge-wesen, geschweige in Halberstadt.« Sie hob die Schultern. »Aber er hatte viel Fantasie.«

Das stimmte nur bedingt, doch das würde sie diesem Manzold nicht auf die Nase binden.

»Noch eine Tasse Kaffee?« Sie griff nach der Kanne. Gleich darauf bereute sie die Frage. Die Kanne war leer.

Manzold hingegen nickte, und so stand sie auf, um aus der Küche Nachschub zu holen. Während sie das Wasser in den Behälter der Kaffeemaschine füllte, wanderten ihre Gedanken zurück. Einst war Hugo Pritz tatsächlich talentiert gewesen. Sogar am Leipziger Literaturinstitut hatte er studiert. Bis sein erster Roman auf den Markt kam. Ein Erfolg ohnegleichen. Danach allerdings war er mental in ein Loch gefallen. Ausgepumpt und leer. Nicht eine Zeile konnte er mehr verfassen, also war sie eingesprungen. Sie hatte geschrieben und geschrieben und Jahr für Jahr einen neuen Bestseller in seinem Namen produziert.

Das Röcheln der Maschine holte sie in die Gegenwart zurück. Einige Minuten darauf war der Kaffee fertig, und sie brachte ihn in die Stube.

Im ersten Moment bemerkte sie die Veränderung gar nicht. Dann jedoch erkannte sie das Büchlein, das Manzold in den Händen hielt. Er musste es von dem kleinen Tisch am Fenster genommen haben, dem Platz, an dem sie gewöhnlich Hugos Romane verfasste. Mit geöffnetem Mund war Manzold in den Inhalt vertieft.

Ihr Blick wanderte zu dem eisernen Schürhaken am Kamin. Es war erst einen knappen Monat her, dass sie ihn benutzt hatte. Hugo war völlig überrascht gewesen.

Manzold schaute auf. »Das ist ...«

»Mein Tagebuch. Hat Ihnen niemand gesagt, dass man nicht in fremden Sachen herumschnüffeln soll? Erst recht nicht in Tagebüchern, junger Mann?«

»Sie! Sie haben Ihren Mann getötet«, hauchte Manzold. »Warum?«

Das Entsetzen verlieh seinen Worten einen eigentümlichen Klang.

»Er hat darauf bestanden, dass ich noch mehr Romane für ihn schreibe. Aber dazu hatte ich keine Lust.«

Der Schürhaken hatte in Hugos Kopf ein hässliches Loch gerissen, doch es war ihr gelungen, das Ganze wie die Tat eines unbekannten Eindringlings aussehen zu lassen, den Hugo bei seinem Werk überrascht haben musste. Drei ganze Wochen lang hatte sie anschließend geputzt, von oben bis unten – das komplette Haus, bis ihre Finger wund gewesen waren. Wollte sie diese Anstrengung tatsächlich noch einmal auf sich nehmen?

Insgeheim zählte sie auf: Bodo Manzold hatte in ihrem Sessel gesessen, er machte sich breit, schlürfte beim Trinken und krümelte beim Essen. Und als würden alle diese Gründe noch nicht ausreichen, um die Welt von seiner Person zu befreien, hatte er auch noch ihr kleines Geheimnis entdeckt.

Mutter Pritz seufzte.

Unvermittelt riss sie den Schürhaken hoch und ließ ihn auf Manzold niedersausen.

Hart schlug Manzold auf dem Boden auf, dort, wo schon Hugos Blut einen großen hässlichen Fleck auf dem Teppich verursacht hatte.

In der Tat, sie würde erneut putzen müssen.

Mattheis Plan

»Du ruinierst uns«, schrie Gerald Matthei und schlug wutentbrannt die Wohnungstür hinter sich zu.

Er stürzte aus dem Haus und stieg in
den alten Ford. Beim ersten Versuch
würgte er den Motor ab, seine Hände
zitterten zu stark. Dann gelang der
Start. Die Reifen quietschten, als er
vom Parkplatz fegte. Er fuhr viel zu
schnell, doch er merkte es nicht einmal.
Er dachte nur an Monika. Immer muss-

te seine Frau ihren Kopf durchsetzen! Hielt sich nicht an die Absprachen! Diesmal nun war es eine neue Couch gewesen. Monika hatte sie einfach bestellt, ohne ihn zu fragen.

Natürlich, er hätte es wie immer verboten. Sie hatten ohnehin zu wenig Geld und kamen geradeso über die Runden.

Doch seiner Frau war das egal. Sie ließ sich ständig verführen. Sonderangebote, Zinserleichterungen, großzügiger Zahlungsaufschub. Mit der Zeit waren daraus Schulden geworden. So hoch, dass kein Ende abzusehen war. Seit Jahren ging der Gerichtsvollzieher bei ihnen ein und aus.

Früher, da war das anders gewesen. Da hatte er eine gut bezahlte Arbeit gehabt. Jahrelang hatte er an der Kasse gesessen. Hatte Karten verkauft, Stadtpläne, Broschüren und Andenken. Am Völkerschlachtdenkmal, seinem Völki, wie er es liebevoll nannte. Manchmal hatte er Besucher geführt. Die Arbeit hatte ihm Freude bereitet, aber eines Tages war es damit vorbei gewesen. Sparmaßnahme, unumgänglich, hatte der Chef gemeint und die Stelle gestrichen. Seitdem teilten sich zwei Pauschalkräfte stundenweise seinen alten Job. Und er? Er saß zu Hause herum und musste sich mit dem Arbeitslosengeld abfinden, das Monika wieder einmal zum Fenster hinausgeworfen hatte. Sein Geld. Monika selbst trug ja nichts bei. Wollte nicht. War sich zu fein. Sagte, in ihrer Familie hätten die Frauen noch nie arbeiten müssen.

Matthei fuhr den Stadtring entlang, dann rechts ab und die Prager Straße hinaus. Es war voll, der Verkehr beanspruchte seine ganze Aufmerksamkeit. Auf dem Parkplatz dem Völkerschlachtdenkmal gegenüber fand er eine Lücke. Er betrachtete den Koloss, 91 Meter hoch. Hoch genug, um bei einem Sturz den sicheren Tod zu finden. Im Innern führten 500 Stufen bis zur Plattform hinauf. Das hatte Matthei gezählt.

Er querte die Straße und begab sich zur Kasse. Die junge Frau am Kartenverkauf schaute kaum auf, als er bezahlte. Bedächtig stieg er die breiten Stufen zum Eingangstor empor in die Ruhmeshalle. Dort lief er an den etwa neun Meter hohen Figuren vorbei, die deutsche Tugenden versinnbildlichten: Tapferkeit, Glaubensstärke, Volkskraft und Opferfreudigkeit. Sie waren ihm vertraut, unzählige Male schon hatte er sie betrachtet. Heute schienen sie ihm bedrohlich zu sein. Ihn fröstelte und er flüchtete in den engen Aufgang, der zu den Plattformen nach oben führte. Auf dem mittleren Aussichtspunkt gönnte er sich einen Moment der Ruhe. Doch noch war er nicht am Ziel. Das letzte

Stück lag noch vor ihm: die Wendel-
treppe, die weiter hinauf ging. So eng,
dass sie jeweils nur in einer Richtung
passiert werden konnte. Eine Ampel
regelte den Verkehr.

Auf der Plattform angelangt, sah er
sich um. Er war der einzige Besucher.
Ihm war es recht. Zügig schritt er die
dicken Mauern ab. Nach der ersten
Umrundung begann er von vorn.
Diesmal nahm er sich Zeit und ließ den
Blick ins Land schweifen. Es war ein
sonniger Tag und klare Sicht. Westlich
grüßten die Wälder: die Nonnenwiese,
das Ratsholz, der Wildpark. Dahinter
war der Cospudener See zu sehen und
im Süden das alte Schlachtfeld, nur für
Eingeweihte zu erkennen. Matthei war
ein solcher. Er wandte sich nach Osten,
Norden und dann weiter in Richtung
Stadtzentrum, sah den Uniriesen. Das
Gebäude mit der unverwechselbaren
Spitze überragte alles, sogar das große

Messehochhaus. Überall drehten sich Kräne. Wohin er auch blickte, die Stadt vibrierte.

Matthei atmete tief ein und aus. Wie sehr hatte er diese Aussicht vermisst. Die Stadt unter sich liegen zu sehen, machte ihn froh. Warum konnte das Leben nicht immer so schön wie in diesem Augenblick sein? Warum musste ausgerechnet er eine Frau wie Monika haben?

Wenn er nur mehr Geld hätte! Dann wären ihre Verschwendungssucht und ihr Kaufzwang besser zu ertragen.

Aber er hatte kein Geld, kein großes Einkommen, keine Ersparnisse. Er war arm. Das rieb sie ihm oft genug unter die Nase, und vermutlich würde sich das erst ändern, wenn er Firmenboss oder Generaldirektor oder so was in der Art wäre. Oder tot.

Ich müsste mich von Monika trennen, fuhr ihm durch den Kopf. Doch er konnte ja nicht einmal die Kosten einer Scheidung tragen. Zumal sich das ewig hinziehen konnte. Monika würde niemals einwilligen. Dann hätte sie niemanden mehr, der für ihre Verschwendungssucht aufkam. Niemanden, der die Miete trug. Niemanden, der ihre Lebensversicherung bezahlte.

Bei dem Gedanken an die Lebensversicherung kam Matthei erneut die Galle hoch. Auch damals hatte sie ihn nicht gefragt. Hatte behauptet, es wäre bloß zu seinem Nutzen, seine Absicherung quasi. Dabei hatte er das nicht nötig, im Gegenteil. Er fand das Ganze sogar unsinnig. Schließlich war immer er der Ernährer der Familie gewesen. Wenn schon jemand eine Absicherung brauchte, dann war es Monika. Aber die hatte bloß laut aufgelacht und auf der blöden Versicherung bestanden, dem netten Vertreter zuliebe und weil alle ihre Freundinnen eine hatten.

Matthei stieg auf eines der Podeste an der südwestlichen Seite und stützte die Arme auf die steinerne Brüstung. Direkt unter ihm lag der Südfriedhof, in dessen Mitte sich die Krematoriumsanlage erhob. Plötzlich durchfuhr es ihn. Schuldbewusst wies er den Gedanken von sich, doch der kehrte zurück. Was wäre wenn? Wenn Monika etwas zustieße? Eine verlockende Aussicht!

Doch nein, es war zu gefährlich. Er würde den Rest seines Lebens im Gefängnis verbringen.

Aber wenn er klug vorginge? Wenn ihn niemand überführen könnte? Hin- und hergerissen starrte er in die Tiefe.

Als er am Nachmittag nach Hause zurückkehrte, brachte er Monika rote Rosen mit und verkündete, dass sie in den nächsten Tagen einen Ausflug machen würden.

Eine Woche später liefen sie die Prager Straße entlang. Monika hatte sich bei Matthei untergehakt, und er erwog sogar, seinen Plan aufzugeben. Die vergangenen Tage waren harmonisch gewesen wie lange nicht mehr. Monika hatte sich liebevoll gezeigt und auf ihn gehört. *So* konnte er mit ihr leben.

Das Völkerschlachtdenkmal kam in Sicht, und Monika blieb abrupt stehen. Sie machte sich von ihm frei und verschränkte die Arme vor der Brust. »Du willst doch nicht etwa auf dein olles Denkmal?«

Matthei nickte.

»Das hätte ich wissen müssen! Du denkst nur an dich! Ausflug! Dass ich nicht lache!«

Es dauerte geraume Zeit, bis Matthei begriff, dass sich seine Frau den Tag ganz anders vorgestellt hatte. Ein bisschen Spazierengehen, Blicke in die Schaufenster der Modegeschäfte werfen, vielleicht einige Einkäufe machen. In ihm brodelte es, doch er beherrschte sich. Weggeblasen waren seine Skrupel.

»Wir machen, was du willst.« Das Heucheln fiel ihm leicht. »Unter einer Bedingung.«

»Die wäre?«

»Erst schauen wir uns die Stadt von oben an. Es ist ein wunderbarer Blick.«

»Geh doch allein«, entgegnete Monika mürrisch.

»Du wirst es bereuen, es wird dir mit Sicherheit gefallen.« Matthei sah Monika zweifeln. Wenn er es jetzt verdarb, war es zu spät. »Tu mir doch diesen einzigen Gefallen. Danach darfst du dir auch etwas Hübsches kaufen.«

»Ehrlich?«

»Versprochen.«

»Also gut.«

Monikas Widerwille war unüberhörbar, doch Matthei ignorierte ihn.

Diesmal stieg er keine engen Treppen hinauf, sondern nahm den Fahrstuhl. Endstation war die mittlere Aussichtsplattform. Die Höhe musste reichen.

Er führte Monika auf die Rückseite des Denkmals. Die Stelle war gut gewählt, nicht einsehbar von Treppe und Lift. Ein kurzer Blick nach links und rechts, sie waren allein.

Monika lehnte an den Steinen und schaute sichtlich gelangweilt in die Ferne. Sie könnte zumindest so tun, als mache ihr die Besichtigung Freude, dachte er. Wenigstens ihm zuliebe. Dass sie es nicht tat, erleichterte ihm die Entscheidung. Mit einem schnellen Schritt war er hinter ihr. Er bückte sich, umklammerte ihre dürren Fesseln, und ehe Monika reagieren konnte, stemmte er sie mit einem Ruck über die Brüstung. Lautlos stürzte sie in der Tiefe.

Er konnte kaum glauben, dass alles so leicht vor sich gegangen war. Keine

Gegenwehr, kein Widerstand. Monika musste wirklich ahnungslos gewesen sein, er hatte sie überrumpelt. Sie hatte nicht einmal schreien können.

Matthei lief zum Fahrstuhl, fuhr hinab und rannte um das Denkmal herum. Aufseher und Besucher folgten ihm, alarmiert durch seine Hilferufe.

Dann sah er Monika.

Sie lag zwischen Eisenteilen und Betonmischern, Basaltsteinen und Schalungsbrettern. Ihr seltsam verdrehter Körper bildete einen bunten Kontrast zu dem grauen Einerlei des Baustoffplatzes. Einer der Handwerker kniete neben ihr. Als Matthei bei ihm ankam, richtete sich der Mann auf und schüttelte den Kopf.

Verzweifelt brach Matthei über der Leiche seiner Frau zusammen. Wahrhaft eine bühnenreife Leistung. Selbst der kurz darauf eintreffende Notarzt ließ sich täuschen.

Polizeibeamte sperrten das Denkmal weiträumig ab. Sie stellten ihm Fragen. Matthei antwortete, so gut er konnte. Er spielte seine Rolle überzeugend, niemand schöpfte Verdacht. Selbstmord, so die erste Diagnose.

Matthei wurde zur Beobachtung in die nahe gelegene Universitätsklinik gebracht. Eine Vorsichtsmaßnahme zur Stabilisierung seiner Nerven.

Monikas Leichnam wurde in die Rechtsmedizin überführt. Routineangelegenheit.

Leute vom Erkennungsdienst nahmen die mittlere Plattform unter die Lupe und sicherten Spuren. Sie fanden nichts Verdächtiges.

Zwei Tage später wurde Matthei aus dem Krankenhaus entlassen. Darüber war er froh, dennoch fühlte er sich nicht ganz wohl. Er schlief schlecht. Das kannte er früher nicht.

Vier Tage später klingelte es an seiner Wohnungstür. Erschrocken zuckte er zusammen und warf einen schnellen Blick in den Spiegel. Das schlechte Gewissen war ihm zum Glück nicht anzusehen. Erleichtert öffnete er.

»Kommissar Brauer«, stellte sich der Besucher vor und hielt ihm eine Dienstmarke unter die Nase.

»Kommen Sie wegen meiner Frau?«

Der Kommissar nickte. »Wir wollen drinnen sprechen«, schlug er vor, und Matthei führte ihn ins Wohnzimmer.

»Ich verstehe Ihren Schmerz, Herr Matthei«, begann Brauer. »Es tut mir leid, Sie zu belästigen. Doch es gibt etwas, das Sie wissen müssen.«

Matthei presste die Hände zusammen. Brauer sollte nicht sehen, wie sie zitterten.

»Die Obduktion ist abgeschlossen«, sprach Brauer weiter. »Sie hat Überraschendes zutage gebracht. Ihre Frau

war schwerkrank. Bauchspeicheldrü-
senkrebs im Endstadium. Wie gesagt,
krank. Sie hatte nur noch wenige Wochen zu leben.«

»Davon…davon wusste ich nichts«,
stotterte Matthei.

»Vielleicht hat sich Ihre Frau das Leben genommen, weil sie nicht leiden
wollte. Sowas tun manche Menschen,
ein schnelles Ende, ja?«

Wie betäubt saß Matthei auf seinem
Stuhl. Er konnte es nicht fassen.

»Ihre Frau wäre so oder so gestorben.« Brauer versuchte zu trösten.

Wenn du wüsstest, dachte Matthei
und gleich darauf: Wenn *ich* gewusst
hätte!

Brauer zog ein Blatt Papier aus der
Tasche. »Die Freigabe der sterblichen
Überreste. Jetzt steht der Bestattung
nichts mehr im Wege.« Da Matthei kei-
ne Anstalten machte, legte Brauer den
Schein auf den Tisch und ging.

Mechanisch griff Matthei nach dem Blatt. Bestattung! Was das wohl kosten mochte? Mit Sicherheit mehr als er hatte.

Er zog das Telefon zu sich heran, suchte im Branchenbuch nach der Rufnummer von Monikas Versicherungsgesellschaft und wählte. Die nette Stimme am anderen Ende machte ihm Mut, sein Anliegen vorzutragen. Es dauerte einige Sekunden, dann erhielt er die Auskunft: bei einem Selbstmord keine Zahlung, leider.

Der Hörer rutschte ihm aus der Hand. Kein Anspruch, keine Zahlung! Mit den wenigen Worten war seine Zukunft zerstört. Alles umsonst! Hätte er gewartet, hätte er nur einige Wochen länger Geduld gehabt, die Versicherung hätte gezahlt.

Verbittert fegte er den Tisch leer. Das Telefon polterte zu Boden und riss das Tischtuch mit sich. Ein paar Zettel wirbelten durcheinander. Typisch Monika. Überall hatte sie etwas versteckt, sogar unter der Decke.

Quittungen, Ansichtskarten und ein Lottoschein landeten auf dem Teppich. Matthei hob den Schein auf und starrte auf die Zahlen. Natürlich hatte seine Frau auch an dem sinnlosen Lottospiel festgehalten. Sie hatte ihn in den Ruin getrieben, sie quetschte ihn selbst über den Tod hinaus aus.

Bestattungskosten! Tränen brannten hinter seinen Augen. Er hatte getötet, aber was hatte es ihm gebracht?

Resigniert stand er auf und schlurfte in die Küche. Er wühlte eine Weile und fand schließlich, was er gesucht hatte. Mit der Wäscheleine in der Hand kam er zurück, knüpfte eine Schlinge, stieg auf den Stuhl und befestigte das andere Ende am Haken der Deckenlampe.

Die Geräusche des laufenden Fernsehgerätes begleiteten ihn. Sie störten ihn nicht, er nahm sie kaum wahr. Auf einmal war er ganz gefasst. Er steckte den Kopf durch die Schlinge, zog sie fest und rückte sie zurecht. Beiläufig fiel sein Blick auf die Mattscheibe. Die Lottozahlen. Idiotische Zahlen.

Moment, waren das nicht…? Natürlich, Monikas Zahlen. Die Rettung.

Hektisch zerrte er an der Schlinge. Der Stuhl kippte, Matthei ruderte und verlor den Halt. Ein kurzes Zucken, dann hing er still.

An einem trüben Oktobertage wurde er gemeinsam mit Monika bestattet. Die wenigen Menschen, die den Urnen folgten, waren sich einig: Gerald Matthei hatte seine Frau so sehr geliebt, dass er ohne sie nicht weiterleben konnte. Nun war er wieder mit ihr vereint.

Meißner Landidyll

Steuereintreiber Hans-Günther Sackelmeier schnaufte zwischen den alten,
knorzigen Apfelbäumen den Hang der
Plantage hinauf. Ab und zu blieb er
stehen und setzte umständlich die alte,
abgewetzte Aktentasche ab. An einen
Stamm gelehnt, holte er sein Taschen-
tuch, ein Weihnachtsgeschenk der
Mutter, heraus und wischte sich den
Schweiß von der Stirn. Der Gedanke an
Winterkühle streifte ihn, es lag wohl an
dem Tuch und der Erinnerung. Die
Sonne jedoch brannte mit gleißenden

Fingern auf den in der Mittagsglut liegenden Hof, als zeige sie: Schau her Hans-Günther, da wohnt der Verbrecher. Dieser Reimer. Schwarzbrenner, der.

Ein Vermögen musste der gemacht haben. Unrecht, wie Sackelmeier fand, der in und um die Meißner Landidylle dafür sorgte, dass niemand zu wohlhabend wurde. Wer zu viel Gewinn machte, musste eben zur Kasse gebeten werden. Dank seines Fleißes konnte das Finanzamt seit Jahren steigende Erfolgsquoten an das Ministerium melden. Sackelmeier war ein Steuereintreiber, wie ihn sich ein Vorgesetzter nur wünschen konnte.

An der steilen Einfahrt zum Hofgelände verharrte er. Er keuchte und rang nach Luft. Sein hellblaues Hemd zeigte unter den Achseln und vermutlich auch auf dem Rücken dunkle Flecken. Vielleicht hätte er lieber das weiße wählen sollen, doch das war bei Mutter zum Waschen.

Als der stämmige Reimer auf ihn zukam, straffte er sich. Das fehlte noch, dass dieser Mensch eine Schwäche an ihm bemerkte.

»Sieh an, der Kuckuckskleber«, stellte Reimer fest. »Was verschafft mir heute die Ehre?«

Sackelmeier öffnete die Aktentasche. Mit Stift und Papier bewaffnet, fühlte er sich gleich sicherer. »Die Branntweinsteuer, sie ist noch nicht bezahlt.«

»Ich höre wohl nicht recht? Ich weiß von nichts.«

Bestimmt hatte Reimer den Steuerbescheid zum Anzünden seines Brennfeuers benutzt. Ihm konnte dieser Suffkopp nichts vormachen. »Fünftausend Euro! Zahlen Sie bar oder soll ich pfänden?«

Reimers Augen wurden zu Schlitzen. »Ich brenne keinen Schnaps, habe ich noch nie gemacht. Machen Sie, dass Sie wegkommen, oder es knallt.«

Im Kopf überschlug Sackelmeier, wie groß die Ernte sein mochte, die Reimers Plantage jährlich eintrug. »Und die Äpfel?«, fragte er.

»Das ist alles für den Eigenbedarf, was sonst.«

»Dann dürfte Ihr Apfellager größer als Ihre Scheune sein.« Eins zu Null für mich, dachte Sackelmeier schadenfroh und drängte: »Wie ist es nun, zahlen Sie freiwillig?«

»Sie können mich mal!« Reimer hob die Faust, schien sich jedoch zu besinnen, denn er drehte sich um und stiefelte davon.

Sackelmeier rannte ihm nach. »Ich schau mich mal bei Ihnen um.«

»Ohne Durchsuchungsbeschluss?«

Das saß. Ohne richterliche Anordnung hatte Sackelmeier nichts auf dem Grundstück zu suchen. Aber er wäre nicht der beste aller Vollstrecker gewesen, wenn er nicht eine unkonventionelle Lösung parat gehabt hätte. Er wartete, bis der Bauer hinter dem Haus verschwunden war, dann schlich er zu der linkerhand stehenden Scheune. Zu seinem Leidwesen war das Tor verschlossen. Ein Fall für den Schraubenzieher in seiner Aktentasche, einige Handgriffe sollten genügen. Doch gerade als er sich an die Arbeit machte, hörte er Reimers raues Husten.

So schnell er konnte, rannte Sackelmeier vom Hof und die Wiese bergab. Mit pumpender Lunge blieb er schließlich unter einem Apfelbaum stehen und ließ sich zu Boden sinken. Er war nicht mehr der Jüngste. Früher hätte er keine drei Sekunden gebraucht, um das verdammte Schloss zu knacken.

Gedankenverloren pflückte er einen Apfel und biss hinein. Er schmeckte vorzüglich, Kramholz hatte nicht übertrieben. Gestern erst hatte er bei ihm gesessen, auch wenn das die Mutter nicht gern sah und später wie immer mit ihm geschimpft hatte.

Rudolf Kramholz, der Wirt vom *Eisernen Schwein*, hatte ihm ein Gläschen zugeschoben: »Reiner Apfel.«

Der Geschmack lag Sackelmeier noch immer auf der Zunge. Genau wie der Apfel, den er eben samt Kerngehäuse verspeist hatte. Eindeutig, Reimers Äpfel waren die besten, und der Schnaps, den er daraus brannte, war eine Offenbarung. Dagegen gab es nichts einzuwenden, im Gegenteil. Wer der Menschheit einen solchen Tropfen bescherte, war in Sackelmeiers Augen ein Künstler. Aber Kunst hin oder her, die Branntweinsteuer musste Reimer trotzdem zahlen.

Es hatte eine Weile gedauert, ehe sich Kramholz verquatscht hatte, wer ihm den Schnaps lieferte. Nach vier oder fünf weiteren Doppelten war es ihm herausgerutscht, und bei Sackelmeier hatten sogleich die Alarmglocken geschellt. »Alfred Reimer?«, hatte er sich vergewissert.

Kramholz hatte genickt.

Da war Sackelmeier äußerst zufrieden gewesen, denn die Aussage des Wirtes versprach die erfolgreiche Erledigung seines Vollstreckungsauftrages. Rudolf Kramholz hatte für den Apfelbrand bezahlt, und irgendwo musste der Reimer das Geld ja haben. Die Steuereinnahmen waren gerettet.

Fast, denn nun saß er unter Reimers Bäumen und war keinen Schritt weitergekommen.

Der Apfel hatte ihn erfrischt. Er rappelte sich auf und stieg den Hang weiter hinab.

Die Sonne schickte noch immer ihre Feuerstrahlen auf das Dorf, und er beschloss, im Dorfkrug einzukehren.

Bis auf zwei Durchreisende, die am Fenster saßen, war die Wirtschaft leer. Sackelmeier schob sich auf einen der Holzhocker, die am Tresen standen. Die Bedienung, eine Frau in mittleren Jahren, deren Busen aus dem Dekolleté drängte, beugte sich zu ihm. »Eisbein oder Schnitzel?«

»Eisbein«, krächzte er und bemühte sich, den Blick von der weiblichen Fülle zu lösen. »Dazu einen Schoppen, weiß bitte.«

Das Essen schmeckte unverhofft gut, er putzte alles auf. Nicht das kleinste Fitzelchen Fleisch ließ er an dem Knochen.

Etwas für die Verdauung konnte nicht schaden, ob ein guter Apfelschnaps recht wäre, fragte die Kellnerin und gönnte ihm einen weiteren Blick auf ihre Reize.

Er nickte, der Schnaps kam sofort, und er kippte ihn in einem Zug. Gleich darauf riss er die Augen auf. »Wo haben Sie den her? Von Bauer Reimer, stimmt's?«

»Dass Sie sowas herausschmecken!« Die Kellnerin klimperte mit den Augen.

Sackelmeier wurde verlegen. Er war kein Frauenheld. Die meisten übersahen ihn einfach. Zu klein, zu dick, zu wenig Haare.

Ehe er ablehnen konnte, hatte die Bedienung sein Glas erneut bis zum Rand gefüllt. »Karla, ich heiße Karla.«

Beim Trinken legte er den Kopf in den Nacken und gewahrte den ausgestopften Hirsch über dem Tresen. Die Glasaugen des Zehnenders glänzten im durch das Fenster hereinfallenden Sonnenlicht. Vermutlich missbilligte das Vieh die Tatsache, dass ein Mann im Dienst, und noch dazu um diese Zeit, trank. »Prost«, sagte Sackelmeier und hickste leise.

Karla hielt schon wieder die Flasche in der Hand und schenkte nach.

Als Sackelmeier feststellte, dass ihr Busen bei jedem seiner Blicke größer wurde und der Zehnender mittlerweile verbiestert dreinschaute, zahlte er und ging.

Obwohl es fast Abend war, herrschte noch immer brütende Hitze. Sackelmeier brauchte eine kleine Weile, dann erkannte er, wo er sich befand, und er beschloss, Reimer noch einmal zu beehren. Sollte sich der Bauer weiterhin uneinsichtig zeigen, würde er schnellstens eine Durchsuchung beantragen.

Diesmal dauerte der Aufstieg über Reimers Apfelplantage länger. Viermal stürzte Sackelmeier, zweimal kullerte er mehrere Meter in die Tiefe, und einmal schlief er sogar ein.

Es war dunkel, als er den Hof erreichte. Benommen torkelte er zu der großen Scheune, dem einzigen Ort, an dem ein herausdringender Lichtstrahl auf die Anwesenheit eines Menschen schließen ließ, und stieß das Tor auf.

Reimer kniete vor dem Kupferkessel.

Na bitte, frohlockte Sackelmeier und öffnete den Mund, doch bevor ein Ton über seine Lippen kommen konnte, war Reimer bereits aufgesprungen und ging mit der Schaufel in der Hand auf ihn los.

Sackelmeier sah die blutunterlaufenen Augen des Bauern. Sein vom Apfelschnaps angeheizter Mut sank augenblicklich in sich zusammen. Die Schaufel traf ihn an der Brust, dann an den Schultern, am Bauch. Er wusste nicht, wie ihm geschah und riss die Arme hoch. Vergebens, die Schaufel fand ihr Ziel. Raus, er musste raus. Er wagte es nicht, Reimer aus den Augen zu lassen und wich rückwärtsgehend zurück. Sein Fuß traf die fallengelassene Aktentasche, und er kam er ins

Straucheln. Er taumelte einige Schritte, schlitterte und stolperte aufs Neue. Er wollte sich halten, griff aber ins Leere und kippte rücklings in den runden Swimmingpool, den Reimer zum Maischebottich umfunktioniert hatte.

Inmitten der Apfelstücke tauchte er prustend auf, verschwand, kam erneut zum Vorschein. Hustend und gurgelnd tastete er nach dem glitschigen Rand. Er rutschte ab, versuchte sich dennoch festzuklammern, aber Reimers Schaufel war schneller. Sie traf seine Finger, die Hände, die Arme - sie war überall.

Sackelmeier wollte schreien, da verwandelte sich der Bauer vor seinen Augen in einen riesigen Zehnender, der mit wackelnden Brüsten röhrte: »Prosit dem Apfel, Prosit dem Apfel«. Dann wurde es dunkel um ihn.

In diesem Jahr gelang Reimers Apfelbrand besonders gut. Die Kenner waren sich einig, der Alte hatte eben ein Händchen dafür. Bei jedem Glas, das im *Eisernen Schwein* über die Theke ging, dachte Kramholz an Sackelmeier, seinen besten Kunden. Der Steuereintreiber hätte den Tropfen gewiss wie kein anderer zu schätzen gewusst. Jammerschade, dass er verschwunden war.

Ausgetrickst

Da war es wieder, dieses altbekannte dumpfe Dröhnen im Kopf, oben links, genau über dem Auge. Kuno wälzte sich aus dem Bett, stolperte über Schuhe und tastete sich die Wand entlang zur Badezimmertür. Geblendet vom grellen Licht über dem Spiegel zuckte er zusammen. Ich sollte das Reisen aufgeben, dachte er, die Luftveränderung bekommt mir nicht.

Es war eine unnütze Überlegung, er wusste es.

In seinem Job gehörten Reisen dazu. Ein Detektiv konnte nicht geruhsam am Schreibtisch sitzen, er musste hinaus in die Welt, sehen und hören, das Leben verfolgen und dabei seinem Instinkt vertrauen. Es war ein Leben auf dem Drahtseil, nie langweilig, nie eintönig, und gerade das hatte ihn vor fast zehn Jahren bewogen, das trockene Geschichtsstudium aufzugeben und sich fortan menschlichen Abgründen zu widmen. Im Laufe der Zeit hatte er mehr als genug davon gesehen. Jetzt konnte ihn nichts mehr so leicht überraschen.

Er drückte eine Schmerztablette aus dem Blister, steckte sie in den Mund und spülte ausgiebig nach. Das Wasser war eiskalt, es zwickte an seinem Zahnfleisch.

Fünfzehn Minuten später, frisch rasiert und mit rosiger Haut, fühlte er sich wie neugeboren und marschierte zurück in das karge Hotelzimmer. Er riss das Fenster auf. Minutenlang stand er einfach nur da, nackt und voller Tatendrang. Er blähte die Nasenflügel und trank die Morgenluft, die nach Regen und Abgasen und gebratenem Speck roch. Großstadtduft, Jagdrevier.

In den Fensterscheiben des Hochhauses gegenüber dem Hotel spiegelte sich die Morgensonne. Der Tag würde heiß werden.

Kuno wählte eine helle Leinenhose, dazu ein weißes Hemd und die beigen Mokassins. Auf die Boxershorts und die Socken verzichtete er.

Statt des Liftes nahm er die Treppen ins Erdgeschoss, wo sich der gemütlich eingerichtete Frühstücksraum befand. Während er auf den Kaffee wartete, schlug er die Sächsische Zeitung auf und überflog die Schlagzeilen. Nichts!

Was hatte er erwartet? Gundula Meiersheim, die von zahlreichen Filmproduktionen und Fernsehserien bekannte Schauspielerin, beabsichtigt am heutigen Abend in Dresden ein intimes Stelldichein? Lächerlich!

Wenn es überhaupt einen anderen Mann in Gundulas Leben gab. Harald Meiersheim, ihrem Ehemann, war es durchaus zuzutrauen, ihr ein Verhältnis anzudichten. Weiß der Geier, was diese Frau an dem Typen fand. Ihm selbst war Harald auf Anhieb unsympathisch gewesen. Zu glatt, zu schön und außerdem nicht der Hellste. Was nutzten hundert Watt im linken und rechten Arm, wenn in der Mitte trotzdem keine Birne brannte?

Kuno hatte für solche Eigenschaften eine besondere Bezeichnung erfunden: Inkompetenz-Kompensations-Kompetenz, kurz IKK.

Harald Meiersheim hatte sich eine reiche und berühmte Frau geangelt und war ihrer alsbald überdrüssig geworden. Mitgiftjäger, so hätte man einen wie den früher genannt. Jetzt bevorzugte er Mädchen, die gerade volljährig waren und die sein Geschwafel für intellektuelle Ergüsse hielten.

Pech, dass der gute Harald zu spät an die Klausel im Ehevertrag gedacht hatte. Sollte er derjenige sein, der eine Trennung verschuldete, verlor er alle Ansprüche an Gundulas Vermögen. Daher suchte er nun einen Scheidungsgrund, den er seiner Frau anhängen konnte. Ein heimliches Verhältnis wäre genau das Richtige.

Kuno legte die Zeitung beiseite. Als die Bedienung mit dem Kaffee kam, fragte er beiläufig: »Wissen Sie, ob Frau Meiersheim im Haus ist?«

Die Kellnerin schüttelte den Kopf: »Tut mir leid, wir geben keine Auskünfte über unsere Gäste.«

»Schon gut, ich bin mit ihr verabredet und dachte, sie sei bereits da.«

Eine glatte Lüge, was sonst, aber anscheinend nicht gut genug. Die Kellnerin lächelte nur verhalten und verschwand mit einem bis zum Rand beladenen Tablett in der Küche.

Kuno köpfte ein Ei. Das Frühstück war ausgezeichnet. Wenn ein Tag so begann, konnte er nur gut werden. Er beschloss, die abweisende Antwort der Kellnerin zu ignorieren und sich auf die Ankunft von Gundula Meiersheim vorzubereiten. Zurück in seinem Hotelzimmer holte er die kleinste seiner Kameras hervor, legte einen neuen Film ein und verstaute sie in der Hosentasche. Die Jagd konnte beginnen.

Wieder nahm er die Treppe, gut für seine Kondition. In der Lobby stutzte er. Die Frau an der Rezeption, groß, schlank, mittelbraune, weit über den Rücken fallende Locken und dazu Beine, bei deren Anblick es einem die Sprache verschlug - war das nicht ...?

Tatsächlich! Da stand sie, die Meiersheim, keine zwanzig Meter von ihm entfernt. Er hätte sie überall erkannt. IKK-Harald hatte also richtig gelegen, als er behauptet hatte, dass sie stets in diesem Hotel übernachtete, wenn sie in Dresden war.

Unauffällig fingerte Kuno die Minikamera aus der Hosentasche, nahm Gundula ins Visier und drückte auf den Auslöser. Ein leises Surren, und das erste Bild war im Kasten.

Die Schauspielerin, fertig mit den Formalitäten, wandte sich zum Lift.

Wie sie durch die Halle schritt, nein schwebte. So elegant. Ach was, königlich! Kuno war schwer beeindruckt. Hinter einer Säule verborgen verfolgte er ihren Gang. Plötzlich hörte er einen erstickten Schrei und sah sie zusammenzucken. Einige schnelle Schritte, und er war an ihrer Seite. Wie es aussah, war er der Einzige, der den Vorfall bemerkt hatte. »Halten Sie sich fest!« Er griff nach ihrem Arm.

Ein dankbarer Blick traf ihn, dann, nachdem Gundula die Ursache ihres Unglücks erkannt hatte, schüttelte sie den Kopf. »Schauen Sie nur, der dumme Schuh.« Sie machte sich von Kuno frei und bückte sich, um den abgebrochenen Absatz aufzuheben, aber Kuno war schneller. Leicht wie eine Feder lag der Stiletto-Absatz in seiner Hand. Fünfzehn Zentimeter, mindestens. Kuno gab ihn Gundula zurück. »Schade um das gute Stück. Nun sind Ihre schicken Pumps ruiniert.«

»Ich mochte sie ohnehin nicht besonders. Furchtbar, wie sie drücken, aber danke, dass Sie mir geholfen haben.« Gundula machte Anstalten, davonzuhumpeln.

»Ich bringe Sie zum Fahrstuhl. Stützen Sie sich ruhig auf mich, ich halte schon was aus.« Hitze stieg in Kunos

Wangen, als er ihre freudige Überraschung registrierte.

»Nanu? Sind Sie etwa ein Gentleman der alten Schule?«

»Kuno Buchner«, stellte er sich vor.

»Angenehm. Gundula Meiersheim.«

Er spürte die Wärme ihrer Haut auf seinem Arm, und sein Herzschlag ging in ein Stakkato über. Am Lift drückte sie Kuno die Hand. »Den Rest schaffe ich allein.«

Kuno, unfähig auch nur einen Ton über die Lippen zu bringen, nickte und wartete, bis sich die Fahrstuhltür hinter ihr geschlossen hatte.

Eine Weile stand er wie erstarrt, doch allmählich beruhigte sich sein Puls. In sich gekehrt verließ er das Hotel.

In einem Café auf der gegenüberliegenden Straßenseite bezog er seinen Beobachtungsposten.

Nicht lange, da tauchte Gundula in der gläsernen Drehtür auf. Sie trug einen dunklen Hosenanzug, eine große Sonnenbrille und bequeme Schuhe und schritt zügig aus. Nichts deutete auf ihren kleinen Unfall hin. Kuno folgte ihr unauffällig.

Drei Tage später hatte er genug erfahren. Gundula Meiersheim war allein in der Stadt unterwegs. Kein Treffen mit einem Mann, erst recht nicht mit einem Liebhaber. Wie es aussah, gönnte sie sich lediglich eine kleine Auszeit von den Dreharbeiten, vielleicht auch von Harald, dem unzufriedenen Gatten.

Am Abend nahm Kuno ein letztes Mal seinen Tischplatz im Hotelrestaurant ein. Sein Job war erledigt, es gab nichts mehr zu tun. Sein Auftraggeber würde enttäuscht sein.

»Darf ich mich zu Ihnen setzen?«

Die sanfte Stimme riss ihn aus der Lektüre der Speisekarte. Er sprang auf, wankte und suchte instinktiv an Gundula Halt. »Es tut mir leid, ich wollte Ihnen nicht zu nahetreten.« Verlegen nahm er die Hand von ihrer Schulter.

»Diesmal habe ich Sie gerettet. Somit sind wir quitt. «

»Nur, wenn Sie mein Gast sind.«

Ohne sich zu zieren, nahm Gundula die Einladung an. Es wurde ein sehr vergnüglicher Abend.

Kuno glaubte nicht an Seelenverwandtschaft, und dennoch hatte er das Gefühl, Gundula seit Ewigkeiten zu kennen. Eine Sache, die so gar nicht zu ihm passte. Er hatte immer dafür gesorgt, dass sein Herz und sein Verstand gleichberechtigt zusammenarbeiteten. Jetzt hingegen verkehrten sie noch nicht mal auf freundschaftlicher Basis miteinander, denn wie es aussah, war er drauf und dran, sich entgegen aller Vernunft zu verlieben.

Der ersten Flasche Wein folgte eine zweite. Das Gespräch wurde intimer, sie gingen dazu über, sich zu duzen, und Kuno schwamm auf einer rosaroten Welle des Glücks. Jedes Mal, wenn er Gundula in die dunkelbraunen Augen sah, glaubte er, sich darin zu verlieren. Jedes Mal hämmerte sein Herz stärker und sein Blut raste schneller durch die Adern, und jedes Mal war ihm, als würde Gundula seine Blicke ein wenig länger erwidern. Er wusste es, diese Nacht gehörte ihnen.

Am anderen Morgen wurde Kuno von dem vertrauten Pochen im Kopf geweckt. Der pelzige Geschmack auf seiner Zunge erinnerte ihn an den vergangenen Abend.

Nicht zum ersten Mal dachte er, dass alles in seinem Leben aus einem bestimmten Grund passierte. Nur nicht, wenn er zu viel Wein getrunken hatte, dann passierten Dinge einfach so. Dinge wie Gundula.

Er tastete neben sich, die Stelle im Bett war kalt. Vielleicht war Gundula im Bad. Doch er wusste sogleich, dass er sich selbst betrog. Er war allein.

Sein Blick fiel auf eine Zeitschrift auf dem Nachttisch neben dem Bett. Am letzten Abend hatte sie noch nicht dort gelegen. Der Kopfschmerz verwandelte sich in ein nervendes Bohren. Kuno nahm das Journal und betrachtete das Titelbild. Zwei Frauen lächelten in die Kamera, darunter standen ihre Namen: Gundula Meiersheim und Barbara, die Zwillingsschwester.

Hatte Gundula gewusst, was ihr sauberer Gatte plante? Hatte sie ihm einen Streich gespielt und Barbara ihre Rolle übernehmen lassen? Oder war es tatsächlich Gundula gewesen, die letzte Nacht in seinen Armen gelegen hatte?

Kuno grinste schief. Man hatte ihn an der Nase herumgeführt, er war tief enttäuscht. Sein Vertrauen war schließlich keine PIN, bei der man drei Versuche hatte. Lieber blieb er Single als in falschen Händen.

Aber Hut ab vor Gundula, Barbara oder beiden. Letztendlich war es ihm egal, mit welcher der Schwestern er die Nacht verbracht hatte, denn er würde Gundula wiedersehen. Oder Barbara. Oder beide. Es warteten gewiss noch viele Nächte auf ihn.

Und IKK-Harald? Für den würde er sich etwas ausdenken, damit er ihnen nie wieder in die Quere kam. Das Playboygesicht musste verschwinden. Für alle Zeiten.

Friedhofsgeflüster

Tobi schaute zurück. Etwas rührte sich, ein Schatten. Wurde er verfolgt? Doch es waren nur die Spitzen einer Konifere, die sich im Wind bewegt hatten. Die Bäumchen waren typische Friedhofspflanzen, sie trennten die Gräber voneinander.

Tobi stolperte weiter. Vor ihm auf dem Kiesweg liefen Lars und Puk. Seit sie gemeinsam vor zwei Jahren eingeschult worden waren, hatten sie sich keinen Tag getrennt. Außer in den Ferien natürlich, die Tobi meistens bei Oma und Opa verbrachte.

Ein Scharren riss ihn aus seinen Gedanken. Eine Katze mauzte leise und funkelte ihn durch einen Strauß pinkfarbener Kunststofflilien an. Sie hatte helles Fell und sah richtig gemein aus. Im fahlen Mondlicht entzifferte Tobi die Inschrift auf dem Grabstein, vor dem das Vieh wie ein Leibwächter hockte. Ria Winter, 1995 - 2012. Siebzehn Jahre, für ihn ziemlich alt, wenn auch nicht so alt wie Herta, zu deren Grab Oma jede Woche ging. Herta war siebzig gewesen, als sie gestorben war.

»Wo bleibst du?«, rief Puk.

Tobi ging schneller, um zu den beiden aufzuschließen. Sie hatten an einer Gruft Halt gemacht.

Lars stellte den Rucksack auf die Erde und packte ihn aus. Er reichte Puk die Kerzenstumpen und eine Kunststoffflasche mit einer roten Flüssigkeit.

Die Kerzen waren weiß und gelb und rot. Eigentlich hätten sie schwarz sein sollen, aber sie hatten zu Hause keine gefunden. Auch die Plastikflasche enthielt nicht das, wie sie normalerweise enthalten sollte, nämlich Blut. Als sie die dicke Jule, die in der Schule neben Lars saß, anstechen wollten, hatte die wie ein Schwein gequiekt und sich gewehrt. Obwohl Puk und Tobi sie ganz doll festgehalten hatten, war Jule entkommen.

Also hatten sie Wasser und rote Farbe genommen.

Tobi war schon ganz gespannt. Dass der Satan auf dem Friedhof auftauchen würde, stand außer Zweifel. Schließlich hatten sie die letzten zwei Wochen in der Hofpause die Sprüche auswendig gelernt, mit denen man ihn rufen musste. Sie waren sich nur nicht einig, was sie tun sollten, wenn er dann vor ihnen stand.

Puk war dafür, Satan zu fragen, welche Aufgaben ihr Mathelehrer für sie plante. Morgen wollte er eine Arbeit schreiben lassen.

Tobi mochte Rechnen, er hatte keine Angst vor der Schule und den Matheaufgaben. Er wollte von Satan vielmehr wissen, wie er Mama dazu bringen konnte, dass sie Clara zurückgab oder sie wenigstens umtauschte. Clara war seine Schwester und gerade mal zwei Tage alt. Tobi wollte einen Bruder, und er war sich sicher, dass Papa ebenso dachte. Stattdessen hatte Mama ihm diesen Schreihals präsentiert und ihn auf das nächste Mal vertröstet. Papa hatte ganz verdattert geguckt.

Puk reichte Tobi die Taschenlampe. »Halte mal!«

»Was soll ich damit?«

»Nur für den Fall, dass die Kerzen nicht brennen. Wie soll uns Satan sonst im Dunkeln finden?«

»Wie schon, durch unsere Sprüche natürlich.«

»Und wenn wir zu leise sind?«, warf Lars ein.

Das war ein berechtigter Einwand, wie Tobi fand. Wenn Lars ihm im Unterricht etwas zuflüsterte, konnte er ihn manchmal nicht verstehen. Das lag an der Zahnlücke, die Lars vorne hatte.

Die drei Jungen machten sich daran, die Kerzen aufzustellen. Vier auf der rechten Seite, vier auf der linken. So hatten sie es in dem Film gesehen, den Puks großer Bruder Harry besaß: *Dämonenzauber*. Dummerweise hatten sie nur den Anfang mitbekommen, denn Harry hatte sie beim Gucken des Films überrascht und sie sofort aus seinem Zimmer geworfen. Seitdem hielt er den Film unter Verschluss und verriegelte auch seine Tür, wenn er fortging.

»Los, die Streichhölzer«, flüsterte Puk.

Lars zündete das erste an. Es verlosch sogleich.

Tobi steckte den Zeigefinger in den Mund und hielt ihn dann nach oben. »Der Wind kommt von da.« Er nickte nach links. »Wir müssen die Flamme abschirmen.«

Das hatte er von Opa gelernt. Alter Pfadfindertrick, hatte Opa gesagt und gelacht. Opa lachte oft. Er war überhaupt große Klasse.

Nur gestern, da hatte er wieder so ein typisches Opa-Ding gucken lassen. So nannte es Oma, wenn Opa einen seiner komischen Späße machte. Gestern jedenfalls hatte er Clara als das hübscheste, kleine Ding auf der ganzen Welt bezeichnet. Dabei fand Tobi sie richtig hässlich. Die ganze Zeit hatte sie geheult, ihr Gesicht war schon ganz rot gewesen, wie eine Tomate. Eine *alte* Tomate, wohlbemerkt, denn runzelig war Clara auch schon.

»Was war das?« Lars, der auf der Steinplatte vor der Gruft kniete, richtete sich auf.

Jetzt konnte es auch Tobi hören. Es klang wie ein Schaben. Erschien Satan schon, ohne dass sie die Kerzen angezündet hatten? Und was war mit den Sprüchen?

»Wir müssen das Blut auskippen«, wisperte Puk. »Wenn Satan aus seinem Versteck kommt und nichts zu trinken findet, fällt er über uns her und saugt uns aus.«

Über Tobis Rücken lief ein eiskalter Schauer. »Woher ...«

»Das hat Harry gesagt.« Puk rückte seine Brille zurecht, die bis auf die Nasenspitze gerutscht war.

Das Schaben war nun lauter. Dann klackerte es dumpf. Es klang, als ob jemand näher und näher tappte. Eine Kreatur mit einem großen Pferdefuß zum Beispiel.

»Das ist er, der Satan«, hauchte Puk und starrte ins Dunkel. Die Plastikflasche war ihm aus den Händen gerutscht.

»Weg hier! Lauft!«, schrie Lars unvermittelt, warf sich herum und stob davon. Puk und Tobi wechselten einen schnellen Blick, dann hetzten sie ihm nach.

»Lass mich vorbei«, keuchte Puk, der hinter Tobi war. »Wir müssen zur Kirche, zu Lars.«

Lars war schnurstracks nach Hause gedüst, da war sich Tobi sicher. Er war schon immer der Ängstlichste unter ihnen gewesen. Vermutlich, weil er keine Mutter hatte. Genaugenommen hatte er schon eine, aber die war weggelaufen, als Lars noch ganz klein gewesen war. Wenn Lars Pech hatte, stolperte er seinem Vater beim Nachhausekommen direkt in die Arme. Dessen Spätschicht war einer der Gründe gewesen, weshalb sie ausgerechnet die heutige Nacht für ihre Satanssitzung gewählt hatten. Es war schwer, eine Zeit zu finden, in der sie sich ohne lästige Fragen von zu Hause davonstehlen konnten.

Am leichtesten hatte es Puk. Dessen Eltern waren ständig unterwegs. Sie betrieben eine Transportfirma und fuhren mit ihren LKWs in der ganzen Welt umher, so dass sich Harry um Puk kümmerte, und der hatte heute einen Auftritt mit seiner Band.

Tobi sollte eigentlich bei Oma und Opa schlafen, bis seine Eltern mit der Heulsuse aus dem Krankenhaus kamen. Aber er hatte so lange genervt, bis Papa erlaubt hatte, dass er zu Hause bleiben konnte, natürlich nur, weil Opa im Gästezimmer übernachtete.

Opa war kein Problem. Der schlief eigentlich immer wie ein Toter. Trotzdem hatte Tobi ihm zwei Schlaftabletten in das Abendbrotbier gekrümelt, nur zur Sicherheit.

»Mach endlich, die Kirche«, drängte Puk.

Die Kirche befand sich auf der Südseite des Friedhofes. Tobi war Weihnachten zu einem Krippenspiel dort gewesen. Da hatte er von der schreienden Clara noch nichts geahnt.

Er wurde langsamer, und Puk schoss an ihm vorbei. Sie flitzten den Hauptweg entlang. Am Brunnen scherte Puk rechts aus, eine Abkürzung.

Tobi warf einen Blick zurück. Sein Fuß verfing sich in einem Gesteck, und er knallte der Länge nach hin. Benommen blieb er liegen.

Irgendwann schlug er die Augen auf. Zuerst sah er nur etwas Schwarzes über sich aufragen. Er hob den Kopf und erkannte, dass er auf einem efeubewachsenen Hügel lag, direkt vor einem Grabstein.

»Puk?« Keine Antwort. »Puk, Lars, wo seid ihr?«

Langsam stemmte er sich auf seine Ellenbogen und schob sich höher, bis er mit dem Rücken an den Stein gelehnt zum Sitzen kam. Der Marmor war kalt, Tobi rieb sich die Arme, um die Gänsehaut zu vertreiben.

Da war es plötzlich wieder, dieses Geräusch. Klack. Klack. Klack. Klack. Als würde jemand auf einem Stück Holz herumhämmern.

Das konnten nur die Toten sein. Schon früher hatten sie sich aus ihren Gräbern gebissen. Opa hatte gelächelt, als er es ihm erzählt hatte. Die schmatzenden Toten fielen über alles Lebende her, das sie erwischen konnten.

Kamen sie jetzt, um auch ihn zu holen? Oder hatte Opa geflunkert?

Klack. Klack. Das Geräusch wurde lauter. Tobi presste beide Hände vor den Mund. Er kniff die Augen ganz fest zu. Wenn er nichts sehen konnte, würden die ihn vielleicht auch nicht entdecken.

»Tobi.«

Die Stimme klang nah. Sie hatten ihn gefunden.

Er unterdrückte ein Wimmern und presste sich tiefer in den Schatten des Marmorsteins.

»Käcki noch mal, Tobi. Wo bist du?«

Tobi kannte nur eine einzige Person, die *Käck*i statt Kacke sagte. Puk.

Vorsichtig richtete er sich auf. Puk stand ganz in der Nähe, nur zwei Gräber entfernt.

»Mensch, gut dass du da bist. Ich dachte schon, der Satan hätte dich geholt«, sagte er.

Die Erleichterung in Puks Stimme machte Tobi froh. Puk hatte wohl genauso viel Angst wie er. »Quatsch«, sagte er lauter, als er es beabsichtigt hatte. Erschrocken schaute er sich um.

»Sei doch leise«, schimpfte Puk da auch schon und zog ihn nach unten. Geduckt lauschten sie.

Klack. Klack. Klack. Klack. Das Geräusch schien von links zu kommen. Dort, wo sich der Hauptweg an der großen Hecke teilte. Hinter der Hecke befand sich eine Wand, in die viele Nischen eingelassen waren. In jeder Nische war eine Tafel, auf der stand, wer am Fuße der Mauer begraben lag. Auch Großtante Herta lag dort. Vielleicht war es ihr zu langweilig geworden, und sie kam mit den anderen Toten ans Licht. Hertha hatte schon zu Lebzeiten geschmatzt.

»Wir müssen nachschauen, was das ist«, raunte Puk.

»Spinnst du?« Tobi linste über die Büsche.

Rings um sie her war alles friedlich. Selbst das furchterregende Klacken war verstummt.

Auch Puk stand auf. »Lass uns endlich zur Kirche gehen. Vielleicht ist Lars dort. Wir haben verabredet, dass wir uns dort treffen, wenn etwas schief geht.«

»Wenn etwas schief geht? Wir haben noch nicht mal richtig angefangen.«

Puk schaute zu der großen Hecke. Im Mondlicht blitzten seine Brillengläser. »Ich glaube nicht, dass es überhaupt funktioniert. Tja, wenn wir wenigstens echtes Blut hätten...«

Echtes Blut, sicher. Tobi überlegte. Vielleicht...wenn er Clara...die heulte ohnehin die ganze Zeit. Bestimmt fiel es nicht auf, wenn er sie ein bisschen anpiekste. »Ich versuche, für das nächste Mal richtiges Blut zu besorgen«, sagte er.

Sie erreichten die Kirche. Die Turmuhr schlug zwölfmal. Mitternacht. Von Lars war nichts zu sehen. Dafür setzte das unheimliche Klacken wieder ein.

Wie auf Kommando rannten sie los. Querfeldein hetzten sie über die Blumenrabatten und Grabstellen, bis sie endlich den Hauptweg erreichten. Sie hatten die Hälfte zurückgelegt, da blieb Puk unvermittelt stehen.

»Oh Mann.« Tobi riss die Augen auf. Vor ihnen türmten sich frisch aufgeworfene Erdbatzen zu einem Hügel. Daneben gähnte ein Loch. In dem Loch erkannte Tobi einen Sarg, offen und leer. Eine pinkfarbene Lilienblüte lag einsam auf dem Holz. Sie kam ihm bekannt vor, und im selben Moment fiel ihm ein, wo er sie gesehen hatte: auf Ria Winters Grab.

Die Siebzehnjährige musste sich aus dem Boden gewühlt haben. Womöglich lauerte sie schon mit ihrem Katzenbiest hinter dem nächsten Busch, um ihn oder Puk zu fressen. Oder sogar beide. Eine Tote hatte bestimmt Hunger wie ein Wolf.

Rechts bewegte sich etwas. Tobi schrie auf, Puk jedoch stieß ihn vorwärts, über den Erdhaufen, den Weg entlang und zum Tor.

Das Tor war verschlossen, doch Puk kletterte an den eisernen Verzierungen des Gitters empor und zerrte Tobi hinter sich her. Sie sprangen auf die Straße und hasteten weiter. Erst hinter der nächsten Ecke wurden sie langsamer.

Vor dem Haus, in dem Tobi wohnte, sagte Puk: »Zu niemandem ein Wort, klaro?«

Tobi nickte.

Als er am nächsten Morgen in die Küche kam, hatte Opa schon den Tisch gedeckt. Zwar hatte er zum Frühstück keine Milch angewärmt, wie es Mama sonst tat, dafür gab es Cola, und die konnte Tobi gut gebrauchen. Er fühlte sich müde und zerschlagen. Opa schien es ähnlich zu gehen, denn er gähnte immer wieder herzhaft und sagte: »Sobald du in der Schule bist, hau ich mich noch mal aufs Ohr.«

Wie immer trafen sich Tobi, Lars und Puk vor der Schultür, um gemeinsam in ihr Klassenzimmer zu gehen.

»Stellt euch vor, was passiert ist.« Lars wedelte mit einer Tageszeitung vor ihnen herum. »Die Polizei hat einen Mann verhaftet, auf dem Friedhof.«

Was quatschte Lars da? Tobi riss ihm die Zeitung aus der Hand. Auf der letzten Seite, unter den Lokalnachrichten, stand es.

Anton F., ein bekannter Völkerkundler, holte immer wieder Frauenleichen aus ihren Gräbern, um sie in seiner Wohnung zu Puppen zu verarbeiten. So auch gestern Nacht, in der er beim Verlassen des Friedhofes zufällig von einer Polizeistreife überrascht wurde. Die Beamten fanden in seiner Wohnung 29 Mumien in Frauen-

kleidung, die auf dem Bett, dem Sofa und entlang der Wände saßen oder lagen. F. wurde wegen Störung der Friedhofsruhe in Untersuchungshaft genommen.

»Mensch, wenn wir dem in die Arme gelaufen wären - der hätte Hackfleisch aus uns gemacht«, sagte Puk. »Was glaubt ihr, wie lange muss so ein Leichenräuber in den Knast?«

Lars legte den Kopf schief, als würde er angestrengt überlegen. »Fünf oder sechs Jahre?«

Fünf Jahre, dann wäre Clara noch nicht einmal in der Schule.

Tobi trennte den Artikel aus der Zeitung heraus, faltete ihn sorgfältig zusammen und verstaute ihn in seiner Hosentasche.

Fünf Jahre waren eine lange Zeit, aber wer weiß, vielleicht wollte sich dieser Anton F. dann eine neue Puppe machen. Eine Kinderpuppe zum Beispiel. Er wüsste eine Heulsuse, die sich bestens dafür eignen würde.

Aller guten Dinge sind vier

»Nicht trödeln, Kinder.« Cora Rieker ließ ihren Blick über die Köpfe der Kinder schweifen. Stumm zählte sie ab: achtzehn, neunzehn, zwanzig. Keines fehlte.

Der Mann, der am Ende der Gruppe wartete, grinste sie an. Peter war Oles Vater, sie hatten sich in ihrer Elternsprechstunde kennengelernt.

Ole störte den Unterricht, und sie als seine Klassenlehrerin hatte dafür zu sorgen, dass er sein Fehlverhalten abstellte. Die erste Maßnahme war gewöhnlich das Gespräch mit den Eltern. In Oles Fall eben mit dem Vater, denn Peter war alleinerziehend.

Hinter dem letzten Kind stieg auch sie in den gemieteten Reisebus, der sie von Schkeuditz ins Schullandheim in die Sächsische Schweiz bringen sollte. Liebenwalde, der Name sagte genug. War Peter deshalb mitgekommen?

Kaum hatte sie die Reise in der Schule angekündigt, hatte er sich als Begleiter gemeldet. Seit knapp einem Jahr traf sie sich mit ihm. Er hatte sie umschwärmt, sogar heiraten wollte er.

Und sie? Sie hatte genickt. Als ob sie nichts gelernt hätte, nach drei Ehen, eine katastrophaler als die andere.

Ihr erster Mann war Paul gewesen, ein auf dem Sofa lümmelnder Kerl im Unterhemd und mit einer Bierflasche in der Hand. Er war nun wirklich nicht das gewesen, was sie vom Leben erwartete. Also hatte sie gehandelt, getreu dem Schwur, bis dass der Tod uns scheidet.

Hasso, ihr Kontaktmann für ihren Nebenjob in der Firma, hatte sie dafür gelobt. Sie war die Quotenfrau in seinem Team, denn die Firma legte Wert darauf, dass nicht nur Männer beschäftigt wurden.

Und sie war gut in ihrem Amt, in dem sie sich mehr oder weniger mit Bestrafungen beschäftigte. Als Lehrerin hatte sie eine Menge über die verschiedensten Motivationssysteme zur Verhaltensverbesserung gelernt, daher kannte sie sich bestens mit Strafen aus. Leider konnte sie die Dinge, die ihr bei Hasso besonders dienlich waren, im Schulalltag nicht verwenden: Messer, Seile, Giftspritzen.

Inzwischen war Peter hinten in den Bus gestiegen. Er drängelte sich zu ihr durch. »Woran denkst du?«

»Ach, an nichts Besonderes.« Irgendwann musste sie ihm sagen, dass es keine gemeinsame Zukunft für sie gab.

»Ich kann es kaum erwarten, mich heute Abend in dein Zimmer zu schleichen«, raunte er.

Ein Hitzeschauer rollte über sie hinweg. »Die Kinder werden es bemerken.«

»Unsinn, ich passe auf.«

»Und Ole?« Der kleine Scheißer lief ihr ständig hinterher. Frau Rieker hier, Frau Rieker da. Am Ende sah der glatt seine neue Mutter in ihr.

Der Bus fuhr eine Kurve. Peter schwankte und klammerte sich an die Lehne ihres Sitzes. Sein Aftershave hüllte sie ein. Moschus mit einem Hauch Zitrone. Ihr Magen krampfte sich zusammen. Piotr, ihr zweiter Gatte, hatte Zitrone geliebt. Und Wodka. Aber das hatte sie erst nach der Hochzeit gemerkt. Besoffene Kerle waren noch schlimmer als ungepflegte Sofa-penner. Nach fünf Monaten hatte sie einen Schlussstrich gezogen.

Ole und seine Freunde vertrieben sich die Langeweile, indem sie Schnips-gummis auf die Mädchen abfeuerten. Ein Gummi traf Lisa im Gesicht. Augenblicklich heulte die Kleine los. Mein Gott, heutzutage waren die Kids aber auch empfindlich.

»Sofort her mit den Gummis.« Peter schob sich im Bus nach hinten und sammelte die Dinger ein. Wegen ihr hätte er sich die Mühe sparen können. Je ausgepowerter die Kinder waren, umso eher hatte sie ihre Ruhe. Der erste Tag der Klassenfahrten war immer der schlimmste. Alle waren überdreht. Sie sehnte sich bereits jetzt nach dem Mo-ment, in dem sie ins Bett kriechen konnte.

Ihr Blick fiel auf Peter. Er sah gut aus, unverschämt jung. Noch nie hatte er morgens Rückenschmerzen gehabt, zumindest nicht an den Tagen, an denen sie gemeinsam aufgewacht waren. Sie hingegen brauchte immer einige Schritte, ehe sie aufrecht stehen konnte. Sie brauchte auch eine gehörige Portion Make-up, um die Falten in ihrem Gesicht zu überdecken. Der Tagesbeginn war nicht ihre Zeit, abends hingegen lief sie zur Hochform auf.

»Frau Rieker, wann sind wir endlich da?« Auf Lisas Gesicht war ein roter Striemen zu sehen, dort, wo sie der Gummi getroffen hatte.

»Noch zehn Minuten.«

Der Bus holperte die Dorfstraße entlang. Bei jedem Schlagloch wurde Cora auf ihrem Sitz hin und her geworfen. Wie sie diese Art zu reisen hasste.

Vor dem Schullandheim stoppte der Fahrer. Erleichtert atmete sie auf.

Das Gebäude war ein alter Bau aus den Siebzigern und früher ein FDGB-

Ferienheim gewesen. Freier Deutscher Gewerkschaftsbund. Nun ja, vielleicht sollte auch sie einer Gewerkschaft beitreten?

Doch nein, vermutlich sah man so etwas in der Firma nicht gern. Hasso hatte letztens schon so komisch geguckt, als sie nach Weiterbildungsmöglichkeiten gefragt hatte. Egal, ob bei den Kollegen von der Cosa Nostra, den Triaden oder dem Mossad – ein Nahkampftraining hätte ihr überall gefallen.

Es hatte nicht mehr viel gefehlt, und Hasso hätte nachgegeben, aber da war diese blöde Klassenfahrt dazwischengekommen. Doch wenn sie erst wieder zurück war, würde sie auf einem Kurs bestehen.

Sie schaute sich nach den Kindern um. »Steigt aus und denkt an eure Taschen und Jacken. Ihr müsst alles mitnehmen.« Niemand schien sie zu hören. Schreiend sprangen die Kids aus dem Bus und stürmten ins Haus.

»Um zehn klopfe ich an deine Tür«, flüsterte Peter in ihr Ohr, dann eilte er Ole nach.

Am nächsten Morgen brachen sie zu einem Ausflug ins Gebirge auf. Sie war nicht recht bei der Sache. Peter hatte ihr kaum Schlaf gegönnt. Er lief mit den Jungen vor ihr her, und beim Anblick seines Hinterns wurde ihr heiß.

Unwillig wischte sie ihre Gedanken beiseite. Wegen eines Kerls in engen Jeans würde sie ihre Lebenseinstellung nicht ändern. Nie wieder Standesamt, das hatte sie sich geschworen, damals, als die Sache mit Pierre ausgestanden war. Ihn hatte sie während eines Kurzurlaubs in der Provence kennengelernt, und viel zu schnell war sie seiner unwiderstehlichen Ausstrahlung verfallen.

Dummerweise fühlte sich der liebe Pierre nicht nur ihr, sondern auch anderen Frauen verpflichtet. Nie hätte sie gedacht, dass sie auf einen Weiberhelden hereinfallen würde. Aber letztendlich war das ein Problem, das sie lösen konnte. Pech für Pierre, dass er keinen Fisch vertrug. Das Ausmaß der allergischen Reaktion hatte sie aber dann doch überrascht.

Paul, Pjotr, Pierre, Peter – sie musste eine Vorliebe für Männer haben, deren Vornamen mit einem *P* begannen.

Die Kids sangen lauthals ein Lied: *An Tagen wie diesen wünscht man sich Unendlichkeit.*

Bei dem Gedanken, dass es etwas geben könnte, das ewig währt, grollte es in ihrem Magen. »Auf dem Plateau machen wir Rast«, rief sie.

Der Gesang brach ab. »Wer zuerst oben ist.« Die Jungen flitzten los, Ole vorneweg.

Langsam folgte sie. Oben angekommen schaute sie in die Runde. Der Wind kühlte ihre erhitzte Haut.

»Schau mal, das sieht aus wie im Spielzeugland.« Peter zeigte ins Tal.

Sie nickte, zögerte jedoch, an den Abhang zu treten. Alles um sie herum drehte sich, und sie schloss die Augen.

»Was hast du denn? Ist dir schlecht?« Peters Stimme riss sie in die Gegenwart zurück.

»Es geht schon wieder«, schwindelte sie. Diese blöde Höhenangst. Sie sollte wirklich besser damit umgehen. Eine Frau in ihrem Job durfte sich keine Schwäche leisten.

Peter griff nach ihrer Hand. »Lass uns heute Abend wiederkommen. Du und ich allein im Mondschein auf dem Dach der Welt.«

So kannte sie ihn gar nicht. Woher hatte er auf einmal diese romantische Ader? Aber er würde noch früh genug merken, mit wem er sich eingelassen hatte.

Der Rest des Tages verging schnell. Kaum lagen die Kinder in den Betten, lief sie mit Peter den Berg hinauf. Peter hatte an alles gedacht, sogar eine Decke hatte er dabei. Er breitete sie auf einem Gesteinsvorsprung aus.

Die Nähe des Abgrundes ließ ihr Herz hämmern wie einen Viertakter. »Ich würde lieber ein Stück weg vom Rand bleiben.«

Peter kam zurück und zog sie an sich. »Keine Bange, ich bin bei dir.«

Bevor sie protestieren konnte, hatte er sie auf die Arme gehoben und zu dem Vorsprung getragen.

Schnell setzte sie sich auf die Decke.

Zwei Stunden später beobachtete sie schläfrig, wie er aufstand und sich anzog.

»Komm, es ist spät geworden.« Er streckte ihr die Hand entgegen.

Sie kam auf die Füße und schloss ihre Hose. Peter legte den Arm um ihre Schultern, und sie ließ es zu, dass er sie zum Rand des Felsens führte.

»Was für ein wunderbarer Ausblick«, sagte er. »Einen besseren kann man sich kaum wünschen, angesichts des Todes.«

Sie zuckte zusammen. »Was meinst du damit?«

Sein Stoß überraschte sie. Sie drehte sich um die eigene Achse, fand keinen Halt und stürzte.

Reflexartig streckte sie die Arme aus, bekam eine Wurzel zu fassen und krallte sich daran fest. Der Ruck riss ihr fast den Arm aus dem Schultergelenk. Sie hing in der Luft, ihre Beine pendelten wie Fremdkörper ins Leere. »Was sollte das, verdammt nochmal. Zieh mich hoch.«

Angestrengt schaute sie nach oben. In ihrem Blickfeld erschien Peters Stirn, dann der Rest seines Gesichts. Als sie ihm in die Augen sah, erstarrte sie. Peter, das wurde ihr auf einmal klar, würde ihr nicht helfen.

»Warum?«, flüsterte sie.

»Hasso.« Peter zwinkerte, als hätte er einen Scherz gemacht.

Ihr Kontaktmann? »Was zum Teufel hast du mit dem zu schaffen?«

»Du bist zu gut geworden, Schatz. Ständig wirst du in der Firma als Vorbild präsentiert.« Peter beugte sich zu ihr. Fast hatte er ihre Hand erreicht. »Du, die Quotenfrau. Drauf geschissen. Ich brauche meinen Job, Ole will versorgt sein. Du hingegen könntest dich auf deinem üppigen Lehrerinnengehalt ausruhen. Aber nein, du schnappst mir die fettesten Aufträge weg. Auch ein Killer muss leben, das verstehst du doch, oder?«

Er zerrte an ihren Fingern, um sie von der Wurzel zu lösen. Ihre Muskeln brannten wie Feuer, doch sie ließ nicht los.

Komisch, dass sie ausgerechnet jetzt an ihre Ex-Ehemänner denken musste. Pierre, beziehungsweise das, was von seinem Körper übriggeblieben war, stand zwischen Paul und Pjotr auf dem Küchenschrank. Die buntgemusterten Blechdosen passten gut zu den weißen Möbeln. Für Peter hatte sie sich etwas anderes einfallen lassen wollen. Eine vierte Dose hätte die Harmonie des Ensembles gestört. Dafür hatte sie ein Auge, es kam immer auf das richtige Maß an, ein Zuviel war tödlich. Nur deshalb hatte sie beschlossen, Peter noch ein Weilchen am Leben zu lassen. Ein Fehler, wie sich jetzt herausstellte.

Inzwischen hatte Peter ihren Mittel- und auch den Ringfinger gelockert, gleich würde sie fallen.

Sie biss die Zähne zusammen, ihre Hand rutschte im Zeitlupentempo das raue Holz der Wurzel entlang, erreichte das Ende, und den Bruchteil einer Sekunde lang hatte sie keinen Halt. Im letzten Moment schlossen sich ihre Finger um Peters Handgelenk. Mit einem Schrei riss sie ihn zu sich hinab, und gemeinsam stürzten sie in die Tiefe.

Sie wurden erst am Morgen gefunden, beide waren tot. Die Polizei gab eine vorläufige Erklärung ab.

Die Frau musste die Hinweisschilder missachtet haben und war abgerutscht. Der Mann hatte ihr gewiss helfen wollen, war bei dem Versuch jedoch offensichtlich unüberlegt vorgegangen, denn statt sie zu retten, war er letztendlich selbst in den Abgrund gestürzt.

Ene, mene, meck und du bist weg

Mehr als fünfzehn Jahre haben Stefan und ich miteinander verbracht, in Liebe und Achtung voreinander. Gemeinsam haben wir die Tischlerei in der Luisenstraße erworben und im Laufe der Zeit zu einem gutgehenden Unternehmen ausgebaut. Wir waren das, was man unter einem Traumpaar versteht.

Neben dem Möbelbauen hatten wir eine zweite Leidenschaft: das Spielen.

Ob Fußball, Verstecken oder Haschen, wir machten alles mit. Letzteres sogar wortwörtlich. Zu dieser Zeit traten Stefans Rückenschmerzen noch nicht so oft auf. Später konnte er kaum noch laufen, sodass es mit den Bewegungsspielen vorbei war.

Mit dem Arbeiten auch. Gut, er besaß ohnehin nur wenig handwerkliches Geschick. In unserer Werkstatt leistete ich den überwiegenden Teil der Arbeit. Ich habe eine kreative Ader und kann auch gut mit dem Material umgehen.

Stefan hingegen verstand weder meine Baupläne noch die Entwürfe, die ich skizzierte. Immer wieder schaffte er es, die Maße zu verwechseln, und mehr als einmal musste ich ihm zur Hand gehen, wenn er die verschiedenen Teile der Schränke, Tische oder Stühle zusammensetzte.

Außer an motorischen Fähigkeiten mangelte es ihm auch an Feingefühl. Gutes, altes Haus - so nannte er mich gewöhnlich. Das entsprach seiner Art mir zu sagen, dass er an mir hing. Trotz allem hatte ich mit ihm ein schönes Leben. Bis ich herausfand, dass er ein Techtelmechtel mit seiner Physiotherapeutin hatte. Daraufhin kühlte meine Liebe merklich ab.

Nach Stefans Tod fühlte ich mich dennoch, als wäre ein Teil meines Herzens auf Nimmerwiedersehen untergetaucht. Mein Lebensmut hatte mich verlassen, und auch mit dem Geschäft ging es bergab. Offenbar wollten die Leute in der gegenwärtigen Rezession kein Geld für hochwertige und handgetischlerte Holzmöbel ausgeben, sondern kauften lieber Einrichtungsgegenstände aus Faserplatten, melaminharzbeschichtet und weißlackiert, dass sie nur so glänzten. Um nicht zu verhungern, musste ich meine Ersparnisse angreifen. Leider schmolzen sie schneller dahin, als mir lieb war. Bald hatte ich kein Geld mehr und daher jede Menge Sorgen. Das Einzige, was mich von ihnen ablenkte, waren Computerspiele. Regelmäßig fand ich mich in Actionrollen wieder und jagte von Level zu Level.

Eines Nachts, ich war gerade im Begriff, die Höllenfeuerzitadelle im Herzen des *World of Warcraft*-Dschungels zu stürmen und vermöbelte ein paar böse Kreaturen, da hatte ich eine rettende Idee. In der animierten Fantasywelt musste ich schon zweimal sterben. Irgendwo lagen meine virtuellen Skelette, aber ich bin einfach über sie hinweggestiegen und weitermarschiert. Nicht eine Sekunde lang habe ich erwogen, für eine anständige Beerdigung zu sorgen. In der Realität sieht das jedoch anders aus. Wer stirbt, wird unter die Erde gebracht, und egal, ob das im Ganzen oder als Aschehäufchen geschieht, man braucht ein Behältnis dafür. Ich musste mich somit nur auf den Bau von dafür geeigneten Möbelstücken spezialisieren, um mit dem Verkauf ein Vermögen zu machen.

Schon am nächsten Morgen entwarf ich mein erstes Sargmodell. Eiche rustikal mit fetten Engelsflügeln an den Deckelseiten. Es wurde ein Renner.

Doch Konsumenten sind wankelmütig. Was sie heute lieben, verurteilen sie morgen. Die Werbebranche sorgt für einen konstanten Wechsel von dem, was gerade modern ist. Unser gesamtes Wirtschaftssystem lebt davon. Wenn ich gegen die Konkurrenz bestehen wollte, würde mir nichts anderes übrigbleiben, als mein Sortiment zu erweitern. Etwas Neues musste her.

Zwei Tage lang tüftelte ich in meiner Werkstatt herum, und was dabei herauskam, war ein Kunstwerk aus Birke, weiß gewischt. Die Griffe hatte ich in der Form von Händen modelliert, und auf der Mitte des Deckels prangte ein stilisiertes Gesicht, dessen Umriss auf jeden durchschnittlichen Mitteleuropäer passte. Mir war ein individueller Sarg gelungen, der trotzdem neunzig Prozent der Toten gerecht wurde. Die Käufer rissen mir mein neues Produkt förmlich aus der Hand.

Alles lief bestens, bis mir ein Technikmarkt mit seiner *Geiz-ist-geil* Werbung einen Strich durch die Rechnung machte. Die Leute fanden Sparen plötzlich schick.

Meine Antwort darauf war ein Modell namens *Simple*, ein Selbstbausatz aus unbehandelten Kieferleimholzbrettern. Mit ihm konnte ich auf der aktuellen Welle mitschwimmen, doch mit der Zeit begannen mich neue Existenzsorgen zu plagen.

In dieser Situation suchte mich ein Interessent auf, der mir eine völlig neue Zielgruppe erschloss. André Hartwig war ein faszinierender, aber offensichtlich gestörter Typ. Er träumte von Reisen durch die Zeit. Am liebsten wollte er die Vergangenheit besuchen, ein Umstand, den ich nicht nachvollziehen konnte, denn dazu hätte er nur in das benachbarte Bundesland fahren müssen. Jedenfalls erkundigte sich Hartwig bei mir, ob ich ihm einen Sarg für den Heimbedarf tischlern könne, zur Zierde seiner Wohnung sozusagen. Im ersten Moment war ich verdutzt, doch dann erklärte ich mich gern bereit, seinen Wunsch zu erfüllen.

Er bekam ein Gebilde in Form einer Standuhr aus der Gründerzeit, außen mit Aluminiumfolie beklebt, innen blau gestrichen und mit einem Countdown-Timer und bunten Leuchtdioden versehen. Am Kopfteil brachte ich eine ausgediente Spielkonsole an.

André Hartwig sprühte vor Begeisterung und versprach, mich weiterzuempfehlen. Tatsächlich fand nach und nach weitere Kundschaft zu mir. Jeden Tag schuftete ich von früh um sechs bis spät in die Nacht, und eigentlich hätte ich zufrieden sein müssen, doch ich war es nicht. Wie ich feststellen musste, hatte ich kaum noch Zeit für mich und meine Spielleidenschaft.

Als ich wieder einmal wehmütig meinen Computer betrachtete, an dem ich seit Tagen nicht mehr gedaddelt hatte, durchfuhr es mich wie ein Blitz. Warum verband ich nicht einfach Arbeit und Hobby miteinander?

Zwei Wochen lang dachte ich darüber nach, bis mir einfiel, wie ich das bewerkstelligen konnte. Ab sofort ließ ich meine Kunden einen Fragebogen ausfüllen. In wehmütiger Erinnerung an Stefan konzentrierte ich mich dabei auf Männer. Am meisten interessierte mich, ob die Betreffenden allein lebten. Diese Zielgruppe hatte niemanden, der in einem akuten Notfall zu Hilfe eilen konnte.

Ottfried Hischler war der Erste, mit dem ich mein kleines Spiel eröffnete. Er suchte mich an einem Montag auf und schien alle Zeit der Welt zu haben. Mehr als einmal kam er auf seinen Großvater zu sprechen, dem er offensichtlich nacheifern wollte. Opa war angeblich ein Kriegsheld gewesen, wobei ich nicht kapiert habe, wieso. Ohnehin weiß ich nicht, was das sein soll, ein Kriegsheld. Wenn man klug ist und überleben will, versteckt man sich bei Krieg im Wald und ernährt sich von Moosen und Pilzen. Abgesehen von den Möglichkeiten, die virtuelle Welten einem Spieler bieten, hasse ich nämlich Krieg, wie überhaupt jede Art von Gewalt. Deshalb bin ich für die Legalisierung von Drogen. Wer kifft, schießt nicht. Oder trifft zumindest niemanden.

Hischler jedenfalls bekam einen hart-
wachsveredelten Sarg, der sich äußer-
lich nur wenig von einem der normalen
Modelle unterschied.

Der Schließmechanismus jedoch war
eine Neuerung. Ich hatte ihn so kon-
struiert, dass er manchmal den Dienst
verweigerte, sodass sich der Sarg nicht
mehr öffnen ließ. Nicht einmal ich
konnte voraussehen, wann das pas-
sieren würde. An die hundert Mal habe
ich ihn ausprobiert, doch keinen bestimmten Rhythmus in der Störung gefunden. Eines jedoch stand fest: Wenn
sich Ottfried Hischler allabendlich zur
Nachtruhe hineinlegte, würde es ihn
früher oder später erwischen. Irgendwann würde er in seiner neuen Schlaf-
gelegenheit gefangen sein und jäm-
merlich zugrunde gehen.

Ich wettete, dass er die nächsten drei
Monate nicht überleben würde. Diese
Wette habe ich verloren. Erst ein halbes

Jahr später las ich in der Zeitung seine Todesanzeige.

Da lag ich bei Jochen Berg besser. Er kam eine Woche nach Ottfried Hischler zu mir, und ich sah sofort, wes Geistes Kind er war mit seiner Glatze und den Springerstiefeln. Auf seinem Shirt prangte die Parole *Ausländer raus aus deutschen Dörfern*. Der Döner bliebe ihm im Hals stecken, wenn er wüsste, dass es Migranten aus dem Nahen Osten waren, die den Vorläufer des Bauerntums in das heutige Deutschland gebracht haben. Vor über 7000 Jahren kamen sie mit Viechern, Korn und anderem nützlichen Zeug zu uns. Das habe ich in einer Zeitschrift gelesen, und auch, dass es zwischen den ersten deutschen Bauern und heute noch in Syrien, Palästina und dem Irak lebenden Bevölkerungsgruppen eine genetische Nähe gibt. Jedenfalls haben das DNA-Untersuchungen von Über-

resten jungsteinzeitlicher Siedler ergeben.

Lesen bildet eben, aber Jochen Berg
ließ ich dumm sterben. Bei ihm dauerte
es genau einhundertfünfzig Tage. Der
Nachruf seiner Parteigenossen war
dreifach schwarz umrandet und mit
einem dicken Kreuz geschmückt.

Nach dem Naziproll zog erst einmal
Ruhe in meinem Geschäft ein. Um neue
Kunden zu akquirieren, meldete ich
mich in einem Internetforum für aus-
gefallene Liebhabereien an. Ich gebe
zu, dass ich ziemlich blauäugig war,
denn ich hatte keine Vorstellung, was
mich erwartete. Kurz gesagt, es gab
nichts, was es nicht gab. Außer allen
möglichen Absurditäten fand ich dort
aber auch neue Abnehmer, und mit der
Zeit lag ich mit meiner Vorhersage
bezüglich ihrer Lebensdauer immer
öfter richtig. Es gelang mir sogar,
meine Erfolgsquote von anfänglich

zehn Prozent auf sechzig zu verbessern, und bis gestern hatte ich noch gehofft, sie sogar auf achtzig steigern zu können, doch nun liege ich hier und kann mich nicht rühren.

Der Teufel muss mich geritten haben, als ich beschloss, die Ware für meinen letzten Auftraggeber selbst auszuprobieren. Es ist ein besonders gelungenes Handwerksstück aus dunkelbraun gebeizter Lärche, kombiniert mit hellen Pappelholzstreifen.

Kaum hatte ich mich lang gemacht und den Deckel zugezogen, umhüllte mich ein maskulin hölzerner Duft. Von diesem Geruch kann ich nicht genug kriegen, aber spätestens, wenn man aufs Klo muss, wird alles andere zur Nebensache. Als ich das Drücken in meiner Blase nicht länger ignorieren konnte, betätigte ich den Verschluss des Deckels, doch nichts geschah. Entgegen meinen bisherigen Erfahrungen ließ sich der Sarg schon beim ersten Versuch nicht mehr öffnen.

Ich mache mir nichts vor, ich weiß, was mich erwartet. Letztendlich muss jeder eines Tages sterben, damit habe ich kein Problem. Eines jedoch macht mir zu schaffen. Diesmal kann ich nicht gewinnen. Meine schöne Erfolgsquote sinkt mit diesem verdammten Ding unweigerlich in den Keller, und ich kann nicht das Geringste dagegen tun. Was für ein Scheißspiel.

Aber wie heißt es so schön? Pech im Spiel, Glück in der Liebe. Wenn es stimmt, dass wir wiedergeboren werden, sehe ich meinem nächsten Leben voller Freude entgegen. Ich wette, dort wartet Stefan schon auf mich.

Alle meine Entchen

Lilly Kuschel musterte die Rücken der Orchestermitglieder, die vor ihr saßen. Ganz vorn die Streicher, erste und zweite Violinen, Bratschen und Violoncelli. Hinter den Celli die Kontrabässe, rechts daneben die Hörner, dann die Holzbläser.

Auch Chantal saß dort, sie war eine der Flöten. Das Instrument passte zu der Dürren wie Arsch auf Eimer. *Ja, Herr Warzinek, gewiss Herr Warzinek.* Widerlich, wie sie sich an Kurt, den Dirigenten, heranschmiss.

Kurt ging natürlich darauf ein. Wenn Chantal ihn anflötete, vergaß er anscheinend, dass er sie bei den Proben regelmäßig zum Heulen brachte.

Ihr Spiel war aber auch gruselig. Als ob es Glückssache wäre, die richtigen Töne zu treffen. Lilly selbst passierte so etwas nicht, sie spielte die Pauke.

Ihr Blick wanderte weiter zur Harfe. Patricia saß auf ihrem Stuhl, als hätte sie einen Stock verschluckt. Die Finger an den Saiten schien sie nur auf ihren Einsatz zu warten. Pat war eigentlich ganz in Ordnung.

Kurt gab der vor Lilly sitzenden Tuba ein Zeichen, kurz darauf fielen die anderen Blechbläser ein. Dann war sie dran.

Links - wumm. Rechts - wumm.

Pause.

Links, rechts, links, rechts.

Die Köpfe der Paukenschlägel knallten genau auf den Punkt.

Kurt nickte in Richtung der Bläser. Na bitte, die dürre Chantal verpatzte es wieder einmal. Die passte einfach nicht zu ihnen, das merkte doch jeder.

Endlich winkte Kurt ab. Die Orchesterprobe war zu Ende. Dann schaute er zu Lilly herüber und lächelte.

Lilly lächelte zurück, darin war sie gut. Mit der Zeit war ihr das falsche Lächeln in Fleisch und Blut übergegangen. Hinter dem letzten Spieler verließ auch sie den Orchestergraben. Kurt wartete am Ausgang auf sie. »Sehen wir uns nachher?«, fragte er.

Seit einigen Monaten traf sie sich mit ihm, überwiegend im Bett. Schon nach den ersten Nächten hatte er ihr einen Heiratsantrag gemacht, und aus ihr unerklärlichen Gründen hatte sie *Ja* gesagt, das musste an dem Hormoncocktail in ihrem Blut gelegen haben.

Andererseits ...

Vielleicht sehnte sie sich ja doch nach einem ganz normalen Leben mit Mann, Kind, Haus und Hund. Bei ihrem Job war es kaum möglich, eine richtige Beziehung zu pflegen.

Sie schob sich an ihm vorbei. »Ich wollte heute noch üben.« Das war gelogen, auch darin war sie ziemlich gut.

Die dürre Chantal kam zurück und schaute sich um, als hätte sie etwas vergessen. Das Biest tat doch nur so, ihr konnte sie nichts vorspielen. Wenn die so weitermachte, würde sie ihr demnächst mal stecken müssen, was sie von ihr hielt. Es gab genügend andere Orchester auf der Welt, sollte sich die Dürre doch woanders versuchen.

Lilly schob sich an Kurt vorbei und eilte hinaus. Auf dem Weg pfiff sie leise vor sich hin. *Alle meine Entchen.* Die Melodie ging ihr schon den ganzen Tag durch den Kopf. Schon als Kind war es ihr Lieblingslied gewesen.

Natürlich gab es auch andere, die sie mochte. *Häschen in der Grube,* zum

Beispiel. Das hatte sie bei ihrem vorletzten Job gesungen. Der Typ, den sie für ihren Auftraggeber aus dem Verkehr gezogen hatte, war Ende Fünfzig gewesen. Ein Banker mit einem fetten Wanst. Der Dicke hatte sich anscheinend für ausgebufft genug gehalten, Charlie um seine Kohle zu bringen. Wie viel er beiseitegeschafft hatte, wusste sie nicht.

Überhaupt war Charlie sparsam, wenn es um Informationen ging. Der Name des Opfers und die Adresse - mehr bekam sie nie von ihm.

Sie wusste nicht einmal, wer Charlie überhaupt war. Gewöhnlich bestellte der sie im Dunkeln in den Stadtpark und blieb stets im Schatten, wenn er sprach.

Aber sie war nicht neugierig, daran mochte dieser Film schuld sein. *Drei Engel für Charlie*. Es gefiel ihr, sich selbst auch als Engel zu sehen, und bis jetzt hatte sie alle Aufträge zu Charlies Zufriedenheit erfüllt.

Dem Bankertypen hatte sie direkt zwischen die Augen geschossen. Still war der in die Baugrube gestürzt. Danach hatte sie einen Riesenberg Sand auf ihn gekippt, direkt von der Ladefläche eines LKW. Wie praktisch, dass die Dinger auch nachts auf der Baustelle herumstanden.

Andere Aufträge von Charlie hatten sich freilich als schwerer erwiesen. Oft musste sie ins Ausland reisen, um an ihre Opfer heranzukommen. Da machte es sich bezahlt, dass das Orchester mehr als gut gebucht war und ständig irgendeine Tournee anstand. Deshalb war sie überhaupt erst ein Mitglied des Klangkörpers geworden.

Schon die Bezeichnung hatte ihr damals gefallen. *Klangkörper*. Mit Körpern kannte sie sich aus und mit Klängen auch.

Anfänglich hatte sie erwogen, sich als Geigerin zu bewerben. Dann aber war ihr der Gedanke an die MPi im Geigenkasten doch zu abgeschmackt vorgekommen. Im Koffer der Harfe hingegen hätten alle ihre Utensilien locker Platz gefunden. Außerdem passte eine Harfe viel besser zu einem Engel. Leider war sie mit dem Instrument nicht zurechtgekommen.

Letztendlich hatte sie sich für die Pauken entschieden. Die übertönten sogar die Lieder, die in ihr summten und vibrierten wie ein Bienenschwarm. Für jedes ihrer Opfer hatte sie ein passendes. Das gab sie ihm mit auf den Weg, kurz vor dem Tod.

Der Direktor einer Schweizer Spielbank hatte *Ein Männlein steht im Walde* gehört, bevor ihn ihr Pfeil an einen Baum genagelt hatte. Bogen spannen, zielen, Pfeil loslassen. Der Schuss war mitten ins Herz gegangen.

Ringlein, Ringlein, du musst wandern
hatte sie für die Schauspielerin aus-
gewählt, die eine Scheidung schlecht
fürs Image hielt. Der Draht, den sie ihr
wie einen Reifen übergeworfen hatte,
war scharf wie eine Klinge in den Hals
gedrungen und hatte beim Zuschnüren
fast den Kopf abgetrennt.

Auch Gift hatte sie schon verwendet,
das war beinah schief gegangen.

Die Dosis, die sie dem Zeitungs-
fritzen eingeflößt hatte, war nicht stark
genug gewesen, um ihn zu töten.
Während das Gift durch seine Kehle
rann, hatte sie *Schlaf Kindlein schlaf*
gesungen. Da er aber nur bewusstlos
geworden war, hatte sie ihn anschließend aus dem Fenster gehievt. *Kommt
ein Vogel geflogen* war ihr als angemes-
sene Begleitmusik erschienen.

Doch damit war nun Schluss.

Sobald Kurt und sie verheiratet waren, würde sie Charlie sagen, dass sie

142

nicht länger für seine Jobs zur Verfügung stand.

Lilly querte die Straße. Einige Meter vor ihr lief Pat. Schnell holte sie zu ihr auf.

»Gehst du zum Hotel?«, fragte sie, als sie auf gleicher Höhe waren.

Pat schüttelte den Kopf. »Ich will mir die Stadt anschauen. Danach will ich schwimmen. Im Hotel ist ein Pool, ein paar Runden im Wasser machen pflastermüde Beine wieder munter.«

Keine schlechte Idee.

An der nächsten Kreuzung trennten sie sich. Kaum war Lilly im Hotel angekommen, schnappte sie sich ihren Bademantel und marschierte in den Spa-Bereich. Leise Musik dudelte im Hintergrund, ansonsten herrschte Stille. Mit einem Kopfsprung tauchte sie in das Becken. Das Wasser war warm, an die dreißig Grad. Konzentriert kraulte sie ein paar Runden und tauchte mehrmals von Rand zu Rand quer durch das Becken, bis sie sich auf den Rücken drehte und mit geschlossenen Augen treiben ließ.

Plötzlich schwappte Wasser in ihr Gesicht. Sie öffnete die Augen und blickte in Chantals grinsende Fratze. Sie hatte gar nicht mitbekommen, dass die Dürre in den Pool gesprungen war.

»Toll hier, stimmt's?«

»Stimmt«, antwortete Lilly einsilbig. Chantal sollte gefälligst verschwinden. Die jedoch hatte sich offensichtlich vorgenommen, ihr auf die Nerven zu gehen und plapperte ohne Unterlass. Über die Tournee, ihre Hoffnungen und über Kurt. Als sein Name fiel, horchte Lilly auf. »Was ist mit ihm?«

»Wir lieben uns.«

»Du spinnst.«

»Heute Abend will er seiner Verlobten den Laufpass geben. Das hat er mir versprochen.«

Lilly erstarrte. Die Verlobte, das war sie.

Chantal machte einige unbeholfene Züge. Sie schien keine besonders gute Schwimmerin zu sein.

Mit einem Blick vergewisserte sich Lilly, dass sie immer noch allein waren. Schnell schwamm sie auf Chantal zu, packte sie und drückte ihren Kopf unter Wasser.

Chantal strampelte, doch Lilly hielt sie fest umklammert, bis sie keinen Widerstand mehr spürte. In ihr tönte und klang ihr Lieblingslied: *Alle meine Entchen schwimmen auf dem See*. Schlapp sackte die Dürre auf den Grund. *Köpfchen in das Wasser, Schwänzchen in die Höh.*

Das perfekte Lied für diesen Job, den Lilly zur Abwechslung mal in eigener Sache erledigt hatte. Um Kurt würde sie sich später kümmern.

Abserviert im Zillertal

Das Hotel befand sich am Ortsausgang von Mayrhofen und trug den Namen *Alpenrose*. Direkt über dem Eingangsportal prangte eine aus Kupfer gehämmerte Gebirgslandschaft, die das Sonnenlicht reflektierte.

Knut warf einen Blick nach oben, lächelte vor sich hin und stieß die Tür auf.

Mimi folgte ihm auf dem Fuße, er hatte es nicht anders erwartet. Seit vier Jahren waren sie ein Paar. Innerhalb dieser Zeit war Mimi zu einem bei jedem Schritt schnaufenden Kloß mutiert, der ihm mit seiner übertriebenen Anhänglichkeit gehörig auf die Nerven ging.

Es war nicht seine Schuld, von Anfang an hatte er keinen Zweifel aufkommen lassen, wie er sich sein Leben vorstellte. Eine attraktive selbstständige Frau stand dabei an erster Stelle. Anfänglich hatte Mimi seine Erwartungen auch erfüllt. Bis sie ihre Liebe zum Kochen entdeckt hatte.

Wegen ihrer Kochleidenschaft hatte Mimi dann auch den Führerschein gemacht. Irgendwie musste sie ja an die Zutaten für das Essen kommen. Trotzdem bettelte sie jedes Mal, dass er sie begleiten solle. Nur zur Sicherheit, sie war nun mal keine gute Autofahrerin. Objektiv betrachtet fuhr sie sogar grottenschlecht. Es gibt eben Frauen, die beharrlich die Straßenmitte für sich beanspruchen, und es gibt auch Frauen, die sich unerträglich viel Zeit beim Fahren lassen. Mimi tat leider beides, ein hoffnungsloser Fall.

Wenn er es recht bedachte, war sie der Anlass, dass er schon lange keine Freude mehr am Leben hatte. Allein die Ameisenzucht ließ ihn das alles vergessen.

Anfangs hatte Mimi täglich gezetert, welch hässlicher Anblick das Tiergewimmel in dem Glaskasten darstellte, den er ihr zum Trotz mitten im Wohnzimmer platziert hatte. Mittlerweile hatte sie sich jedoch an das Formicarium gewöhnt.

»Wir bringen die Koffer aufs Zimmer, dann erkunden wir die Gegend«, schniefte Mimi und drängte sich an ihm vorbei zur Rezeption, wo sie die kleine Klingel auf dem Empfangstresen malträtierte, allerdings ohne Erfolg. Die Mitarbeiter der *Alpenrose* interes-

sierten sich anscheinend nicht für Neu-
ankömmlinge.

»Saustall«, murrte Knut genervt. Sein
Ameisenvolk hätte sofort auf einen
Eindringling reagiert. »Ich sehe mich
mal draußen um.«

Vor dem Haus sondierte er die Lage.
Rechts führte die Straße zurück in den
Ort. Grund genug, sie zu meiden, in
Mayrhofen wimmelte es nur so von
Touristen. Er sehnte sich nach Ruhe.

Hinter ihm krachte die Eingangstür
ins Schloss. Mimi. Natürlich.

»Was machen wir jetzt?«, fragte sie.

»Was glaubst du denn? Wir schaffen
die Taschen in den Kofferraum zurück
und wandern ein Stück.« Sein Ziel war
der Wald, zu dem ein Weg rechts neben
dem Hotel führte. Insgeheim hoffte er,
dass Mimi zurückbleiben würde, denn
er hörte sie irgendetwas von einem Eiscafé murmeln. Ein Hauch ihres Par-
füms streifte ihn, es roch nach Vanille.

Den Duft hatte er noch nie gemocht, er erinnerte ihn zu sehr an seine erste Frau. Vera. Kaum verheiratet hatte er versucht, mit den Folgen fertig zu werden, die sich aus dem Trauschein ergeben hatten. Letztendlich hatte er sich von Vera getrennt. Auf seine Weise, da konnte er wenigstens sicher sein, dass sie nie wieder auftauchte. Das war in Venedig gewesen, er hatte extra eine Gondel gemietet.

Neben ihm drängte Mimi auf den Pfad. Ihr Busen wogte, der Bauch nicht weniger. Mit ihr hätte er sich nicht die Mühe machen müssen, nachts auf die Lagune zu schippern. Mimi hätte die Gondel noch im Canale Grande zum Kentern gebracht.

Nach hundert Metern erreichten sie den Wald und kreuzten einen Weg, der aus breiten Fahrspuren bestand und wohl nicht nur von Menschen, sondern auch von Vieh benutzt wurde. Hin und wieder stießen sie auf Kuhfladen, die Knut an den Brotteig denken ließen, den Mimi jeden Freitag zubereitete.

»Ich brauche eine Pause.« Mimi ließ sich auf einen Baumstamm fallen.

Knut setzte sich neben sie. Lustlos schob er mit dem Fuß die abgestorbenen Zweige und das Laub beiseite, das sich um das Holz herum angestaut hatte. Da stutzte er, dann erkannte er das winzige Etwas, das sich auf dem Boden bewegte. Sechs Beine um einen wohlgeformten rötlichen Leib. Formica rufa, eine Waldameise.

In der Nähe der ersten bemerkte er jetzt eine weitere, dann die dritte, die vierte. Eine ganze Kolonne. Zielstrebig marschierten die Kleinen eine hinter der anderen in den Wald.

Er stand auf und verfolgte die Spur bis zum Nest: einem Kegel von mindestens einem Meter Höhe, vielleicht sogar mehr. Das scheinbare Gewimmel auf der Oberfläche des Haufens bildete ein klares System. Fleißige Arbeiterinnen brachten Nachschub, andere schwärmten wieder aus. Weit hatten sie es nicht, in etwa drei Metern Entfernung lagen tote Bienen unter einem Baum. Vielleicht hatte ein Marder auf Honigsuche den Schwarm gestört und nun taten sich die Ameisen an den Resten gütlich.

Frauentypisch, dachte Knut, immer zur Stelle, wenn es etwas abzusahnen gibt. Andererseits war ihr Fleiß lobenswert. Der Bedarf eines Ameisenvolkes an tierischen Proteinen war beträchtlich, bestimmt konnten die sogar eine Leiche beseitigen, wenn sie lange genug im Wald herumlag. Wie viele Wochen es wohl bei jemandem mit Mimis Ausmaßen dauern würde, bis die Ameisen auch das letzte Krümchen vertilgt hatten? Eine cleanere Lösung gab es nicht, noch wusste niemand, dass er und Mimi in Tirol waren. Er musste sie nur tief in den Wald locken, ihr eins über den Schädel ziehen und fertig.

Allerdings gab es dabei einen Haken. Er konnte kein Blut sehen. Deshalb hatte er bei Karla, seiner zweiten Frau, auf Rattengift zurückgreifen müssen, damit sie ihn verließ. Was hatte er damals für Ängste ausgestanden. Der Arzt hatte ein natürliches Ableben bescheinigt, aber eine gründlichere Untersuchung hätte die Todesursache schnell zum Vorschein gebracht.

Bei Mimi musste er eine andere Methode wählen. Aber dazu war er ja schließlich hier. Ihr Urlaub hatte gerade erst begonnen, und in dieser herrlichen Umgebung würde ihm gewiss einfallen, was mit ihr geschehen sollte.

Zufrieden lächelnd ging er zu der Stelle zurück, wo Mimi noch immer auf dem Baumstamm saß. Als er bei ihr ankam, stemmte sie sich hoch. »Von mir aus können wir weiterlaufen. Von oben haben wir einen wunderbaren Blick in die Runde.«

Woher wollte sie das wissen? Er erwog, sie zu fragen, doch er ließ es. Er musste in Ruhe nachdenken, und dabei würden ihn Mimis Erklärungen bloß stören.

Tatsächlich lichtete sich nach einem Anstieg von einer halben Stunde der Wald, und sie traten auf eine massive Felsebene, deren Ausläufer sich wie eine Nase über den Berg in Richtung Tal schob. An dem Eisengeländer, das unvorsichtige Wanderer vom Abgrund fernhalten sollte, stand ein Mann. Mit einem Feldstecher in der Hand suchte er die gegenüberliegenden Bergrücken ab. Beim Klang ihrer Schritte ließ er das Fernglas sinken und drehte sich zu ihnen um. »Schönes Wetter heute, was?«

Der Aussprache nach musste es ein Landsmann sein. Sachsen waren eben überall auf der Welt anzutreffen. Der Fremde schaute Mimi an, die nach Luft japste, als würde sie jeden Moment ersticken. Bestimmt glaubte er, dass Knut sie bereits mehrere Stunden lang bergauf gehetzt hatte.

Blödmann, dachte Knut und sagte: »Meine Frau ist leider nicht so gut zu Fuß.«

»Umso mehr sollten Sie die Aussicht genießen, jetzt, wo Sie sich schon hier hochgequält haben.«

Mimi nestelte die Kamera aus ihrer Handtasche und fummelte an der Einstellung herum.

»Wenn Sie wollen, mache ich ein Bild von Ihnen. Sie als Paar und im Hintergrund die Berge, das ist doch was, oder?«

Der Fremde streckte die Hand nach dem Fotoapparat aus, und ehe Knut es verhindern konnte, hatte Mimi die Kamera schon übergeben. Anscheinend kannte sich der Fremde damit aus, im Handumdrehen hatte er den Auslöser gedrückt.

»Jetzt noch ein Bild von dir.« Mimi stieß Knut an und trat zur Seite.

»Wenn Sie vielleicht noch ein kleines Stück ...« Der Fremde wedelte mit der Hand.

Knut wandte sich um. Da war nichts, wohin er hätte gehen können. Keinen halben Meter hinter ihm gähnte der Abgrund.

»Verdammt nochmal, stell dich nicht so an.«

Er spürte den Stoß, ehe er überhaupt wahrnahm, dass sich Mimi bewegt hatte. Die Querstange des Geländers grub sich in seinen Bauch. Er krallte sich daran fest, doch die Stange war schon bei der ersten Berührung aus der Verankerung gebrochen.

Als er stürzte, hielt er das Eisen noch immer umklammert.

Seite an Seite schauten Mimi und der Fremde in die Tiefe. »Ich muss mich bei dir bedanken, Rolf.«

»Keine Ursache.«

»War es schwer, eine geeignete Stelle zu finden?«

Rolf legte den Arm um Mimis Schultern. »Leicht war es nicht. Zwei Wochen lang habe ich danach gesucht. Gestern erst habe ich das Plateau mit dem lockeren Geländer entdeckt und dich sofort angerufen. Wie hast du es nur geschafft, Knut hierher zu locken?«

»Das war ganz einfach. Ich wusste, dass das Personal der *Alpenrose* nur nachmittags zum Einchecken vor Ort ist. Knut und ich kamen zu früh, daher war keiner da. Also mussten wir die Zeit irgendwie überbrücken, aber da das Hotel ganz am Rand von Mayrhofen liegt, gibt es bloß zwei Richtun-

157

gen, in die man starten kann: in den Ort oder hierher auf den Berg.«

»Knut hätte mit dir nach Mayrhofen gehen können.«

»Ausgeschlossen. Dort gibt es das Eiscafé. Eine größere Abschreckung hätte ich nie finden können, Knut jedenfalls hasste Essen. In letzter Zeit hat er überhaupt alles gehasst, nur seine Ameisen waren ihm wichtig.«

»Hoffentlich gibst du die Krabbelviecher weg«, sagte Rolf und guckte angewidert.

»Nicht nötig, die dürften bereits erledigt sein. Ganze drei Kilo Ameisengift habe ich in das Formicarium geschüttet.«

Zärtlich streichelte Rolf ihren Arm. »Weißt du, worauf ich mich am meisten freue? Auf Gulasch mit rohen Klößen. Darin bist du unübertroffen.«

Mimi fragte sich, ob Ameisengift auch für Menschen tödlich sein konnte.

Sobald sie wieder zu Hause war, musste sie das dringend recherchieren. Das Essen konnte sie reichlich würzen. Rolf würde es gewiss nicht merken, wenn sie das Gericht mit einer Zutat verfeinerte, die in keinem Kochbuch zu finden war.

»Soll ich dich zur *Alpenrose* bringen?«, wollte er wissen.

»Es ist besser, wenn man uns nicht zusammen sieht. Außerdem sollte ich so schnell wie möglich zur nächsten Polizeiinspektion fahren. Schließlich ist mein Mann verschütt gegangen, während ich mich auf dem Baumstamm unten im Wald ausgeruht habe.«

»Du denkst wirklich an alles.«

Mimi lächelte stolz. »Worauf du Gift nehmen kannst.«

Verliebt, verlobt, tot

Alwin Horn drängte sich durch die
Menschen, die über das Rollfeld zum
Airbus nach Wien liefen. Er hatte es
eilig. Verdammt eilig sogar, doch er
durfte nicht auffallen.

Ungeduldig schob er sich hinter zwei
Frauen die Gangway hinauf und suchte im Flugzeug seinen Platz. Reihe 6,
Sitz F. Als er endlich saß, hatte er das
erste Mal seit Stunden das Gefühl, es
könnte alles gutgehen. Angestrengt sah
er aus dem Fenster, doch es gab nichts

Außergewöhnliches zu entdecken. Keine Uniform, kein Polizeiauto.

»Hallo.«

Eine tiefe, rauchige Stimme ließ ihn herumfahren, doch als er sah, wem sie gehörte, beruhigte er sich sogleich. Die Frau, die sich neben ihm niederließ, mochte Mitte 50 sein, höchstens 60. Eine akkurat geschnittene Pagenfrisur umrahmte ein Gesicht, aus dem blaue Augen leuchteten.

Wie apart, dachte Alwin und lächelte gewohnheitsmäßig, um gleich darauf wieder über das Rollfeld zum Flughafengebäude hinüberzuschauen. Er hörte kaum zu, als die Flugbegleiterin die übliche Einweisung vornahm. Endlich rollte der Airbus an, und er lehnte sich zurück. Erst jetzt begannen seine Beine zu zittern. Ausdruck der Anspannung, unter der er stand.

Fahrig tastete er nach dem Pass in seiner Jackentasche. Marie war tot oder wenigstens schwer verletzt. Sicher war er sich nicht, er hatte sich nicht überwinden können, sie zu untersuchen. Zu groß war der Schock gewesen, und er hockte ihm immer noch im Genick. Leise seufzte er.

»Was haben Sie? Geht es Ihnen nicht gut?« Seine Sitznachbarin beugte sich zu ihm.

»Es muss an der Aufregung liegen«, sagte er. Regel Nummer 1: *Lüge möglichst wenig!*

»Das kenne ich. Ich habe Flugangst. Gut, dass Sie neben mir sitzen.«

»Hm.«

»Sie sind sympathisch, richtig nett. Da fühle ich mich geborgen.«

Nun war Alwin doch geschmeichelt. Die Frau hatte natürlich recht. Er war ein Bild von einem Mann. Etwas mehr als mittelgroß, volles, wenn auch graues Haar, kaum Bauchansatz. Man sah ihm sein Alter nicht an, dabei war er letztes Jahr fünfundsechzig geworden. Marie hatte ihm eine Armbanduhr geschenkt. Statt der gewünschten Rolex war es ein Modell aus dem Kaufhaus gewesen. Wie hatte sie ihm das bloß antun können! Dabei hatte er ihr sogar die Ehe versprochen.

Geflissentlich verdrängte er, dass ein solches Versprechen aus seinem Mund wertlos war. Es war schließlich ein wesentlicher Teil seines Berufes: einsame Frauen auftun, sie umschwärmen, an sich binden, ausnehmen. Von irgendetwas muss der Mensch ja leben. Seit er seine Strafe verbüßt hatte, gab es keine andere Chance für ihn. Fünfzehn lange Jahre hatte er gesessen und das wegen eines Mordes, den er nicht begangen hatte.

Irgendein Spaßvogel hatte Gerlinde, seine Angetraute, ins Jenseits befördert und ihm die Schuld in die Schuhe geschoben. Immer wieder hatte er seine

Unschuld beteuert, aber niemand hatte ihm geglaubt. Zuviel hatte gegen ihn gesprochen. Ihre Ehe war ein täglicher Kampf gewesen, das hatte das ganze Dorf mitgekriegt. Schon immer war er der Verlierer gewesen. Konnte sich gegen Gerlinde, diese Hexe, einfach nicht durchsetzen. Nein, er war nicht traurig gewesen über ihren Tod. Hatte gedacht, er wäre endlich frei.

Pustekuchen!

Nach dem Knast hatte er sich einige Tage einfach so herumgetrieben. Weil er nicht gewusst hatte, wohin er gehen sollte. Nur eines war klar: ins Dorf wollte er auf keinen Fall zurück.

Aus einem Impuls heraus war er nach Berlin gereist, als blinder Passagier. Dort hatte ihm der Zufall noch auf dem Bahnhof Annie über den Weg geführt. Die lebenshungrige Beamtenwitwe hatte ihn nur zu gern bei sich aufgenommen. Zehn Riesen hatte er im

Laufe der Zeit aus ihr herausgeschunden. Dann war er weitergezogen.

Er musste nicht lange suchen, die Frauen warfen sich ihm freiwillig an den Hals. Nach Annie war Gundula gekommen, dann Margot, Hildchen, Agnes, Barbara und schließlich Marie.

Ein Stups seiner Nachbarin holte ihn aus den Gedanken.

»Sie hat gefragt, ob Sie etwas trinken möchten.« Die Frau nickte in Richtung der Flugbegleiterin.

Alwin zögerte. Wenn er es genau betrachtete, war die Dame neben ihm nicht übel. Zudem versprach sie ein bisschen Ablenkung von seinen trüben Erinnerungen. Vielleicht sollte er einen Baileys nehmen? Frauen mochten den Likör. Damit hatte er stets Pluspunkte gesammelt, obwohl ihm jeder einzelne Schluck des süßen Zeugs schwergefallen war. Ein wirksamer Angstkiller wäre ihm angesichts seiner Lage natürlich lieber, ein Whisky zum Beispiel.

»Für mich bitte einen Johnnie Walker«, ließ sich seine Nachbarin vernehmen.

Alwin war überrascht. Nur zu gern schloss er sich an.

»Ich trinke sonst selten, es ist bloß wegen der Höhe. Übrigens, ich heiße Margarete Grabbe, Sie können Grete zu mir sagen.«

Alwin sprang auf, um einen Diener zu machen. Er knallte mit dem Kopf an die Gepäckbox und fiel auf den Sitz zurück. »Angenehm, ich bin Bruno. Bruno Krämer aus Dresden.«

»So ein Zufall! Meine Schwester lebt dort.«

Alwins Interesse hielt sich in Grenzen. Er hatte nicht die Absicht, in die Stadt an der Elbe zurückzukehren. Bestimmt ermittelte die Polizei bereits gegen ihn.

»Dresden ist eine schöne Stadt, aber mich kriegen keine zehn Pferde aus Leipzig weg«, plauderte Grete weiter. »Einmal im Jahr mache ich Urlaub. Dieses Jahr in Wien. Und Sie? Auch Urlaub, oder fliegen Sie geschäftlich nach Österreich?«

Alwin hatte einfach den erstbesten Flug genommen. Hauptsache weg aus Deutschland.

»Eine Bildungsreise«, sagte er. Regel Nummer 2: *Wenn schwindeln, dann glaubhaft.* Schon lange hatte er Schloss Belvedere und den Prater besuchen wollen.

Grete nickte. »Reisen bildet, das hat mein seliger Mann oft betont.«

»Sie sind Witwe?«

»Seit fünf Jahren.« Sie nestelte ein Zellstofftuch aus ihrer Tasche.

Die Flugbegleiterin kam, und Grete bestellte einen weiteren Drink. Alwin hielt mit.

Beim Anstoßen schaute er in ihre Augen. Auf einmal war sein Mund wie ausgetrocknet. Unwillig rief er sich zur Ordnung. Geschäft ist Geschäft, da war kein Platz für Sentimentalitäten.

»Was ist mit Ihnen? Sind Sie liiert?«, wollte Grete wissen.

»Das ist vorbei.«

»Schon lange?«

Wie frisch seine Trennung von Marie war, wollte er lieber für sich behalten. »Es geht.«

»Sie Ärmster. Gerade in der ersten Zeit braucht man Hilfe, um alles zu verarbeiten.«

Mechanisch nickte Alwin. Es wurde langsam Zeit, das Thema zu wechseln. »Ihr Gemahl, hat er viel gearbeitet?«

»Er hatte eine Firma, Hugo Grabbes Eisenwaren. Sie lief immer gut, sie war sein Lebensinhalt. Für sie hat er sich aufgerieben. Ich habe sie verkauft, als er starb.«

Alwin horchte auf. Eisenwaren, aha. Ein solches Geschäft musste gewiss ein hübsches Sümmchen einbringen. Diese Grete schien ein wirklich dicker Fisch zu sein.

»Prost, Bruno.« Grete hob erneut ihr Glas.

Alwin probierte einen seiner Blicke, bei denen noch jede Frau schwach geworden war. Nebenbei begutachtete er Gretes Dekolleté.

»Ich sehe mich mal nach der Toilette um.« Grete stand auf, und er taxierte ihr Hinterteil. Er fand nichts auszusetzen. Derweil rollte der Whisky von seiner Kehle in Richtung Magen, um von dort aus einen Hitzeschwall quer durch den ganzen Körper zu schicken. Das musste an den Anstrengungen liegen, um nicht aufzufallen. Irgendwie erinnerte ihn seine neue Bekanntschaft an Marie. Auch die war ein properes Frauchen gewesen. Witwe eines Jägers, mehr als wohlhabend natürlich. Sonst hätte er sich nicht mit ihr abgegeben.

Wieder seufzte er. Wenn es nach ihm gegangen wäre, hätten sie noch einige Zeit miteinander verbracht. Es war ein sorgloses Leben gewesen. Marie hatte Geld, er seinen Charme. Gemeinsam hatten sie die Welt erkundet, London, Paris, New York. In den besten Hotels hatten sie gewohnt, doch damit war es erst einmal vorbei. Bis auf zweihundert Euro war er blank. Daran war er selbst schuld, der Tresor hatte weit offen gestanden, er hätte bloß zugreifen müssen, aber er hatte es einfach nicht gekonnt. Maries blutender Körper, zerfetzt von dem Schuss, der sich aus dem Gewehr gelöst hatte, war ein zu großes Hindernis. Nie im Leben hätte er ungerührt über sie hinwegsteigen können.

Grete kam zurück.

Alwin registrierte ihre frisch mit rotem Lippenstift nachgezogenen Lippen. Wie es aussah, hatte sie sich seinetwegen hübsch gemacht.

»Noch einen Drink?«, fragte er.

»Nur, wenn du mithältst.«

Sie duzte ihn bereits, das war gut. Zu dem Whisky orderte er ein Becks. Er hatte plötzlich Durst. Durst auf Bier und das Leben, das er sich auf einmal an der Seite seiner schönen Nachbarin vorstellen konnte. Blieb die Frage, ob sie bereit war, mit ihm auszuwandern.

»Österreich ist ein schönes Land«, sagte er.

Grete wiegte den Kopf. »Leipzig ist auch wunderbar.«

»Mag sein, mir jedoch ist Sachsen, ja sogar ganz Deutschland, zu eng.«

»Zuhause ist dort, wo das Glück liegt, so heißt es wohl. Das Glück und die Liebe, oder?«

Alwin wollte zustimmen, unterließ es dann jedoch. Regel Nummer 3: *Nicht übertreiben!*

Er beschränkte sich auf ein Lächeln und trank einen Schluck.

Die Triebwerke dröhnten, der Pilot lenkte das Flugzeug in eine Schleife und leitete die Landung ein.

Grete lehnte sich an Alwins Arm und zeigte aus dem Fenster. »Schau, Wien. Weißt du schon, wo du wohnen wirst?«

»Im Sacher.« Es war das einzige Hotel, das er kannte.

Sanft setzte die Maschine auf.

Grete kramte in ihrer Tasche. »Ich schreibe dir meine Nummer auf. Ruf mich an, wenn du magst.«

Na bitte, es lief wie geschmiert. Ein erstes Abtasten und dazu eine Telefonnummer. Die Falle war gestellt. Nun musste nur noch ein Date kommen.

Er griff nach dem Zettel und stand auf. Gleich darauf setzte er sich wieder.

Zwei Männer in Uniform kamen den Gang entlang. Aufmerksam musterten sie die Reisenden.

Alwin zerrte das Bordmagazin aus dem Netz des Vordersitzes und verbarg sein Gesicht dahinter. Vergebens. Neben ihrer Sitzreihe blieben die Polizisten stehen.

»Herr Krämer, wir haben ein paar Fragen an Sie.«

Langsam ließ Alwin die Zeitschrift sinken. »Es war ein Unfall, das müssen Sie mir glauben.«

Gretes Blick wanderte zwischen ihm und den Polizisten hin und her. »Herr Krämer? Das ist Herr Horn.«

»Was Sie nicht sagen!« Der ältere Polizist klang genervt. »Im Moment spielt der Name des Herrn eine untergeordnete Rolle. Es geht um einen Todesfall. Eine Frau aus Dresden, Marie Jonas.«

Grete fuhr zu Alwin herum. Weggeblasen war ihr nettes Wesen. Ihr Gesicht war zu einer hässlichen Grimasse verzogen, und aus ihren Augen sprach ein wütendes Feuer, das Alwin erschrocken zurückfahren ließ.

»Marie war meine Schwester, und du Schwein hast sie getötet?«, zischte Grete böse.

Der Polizist nahm sie beim Arm. »Unsinn, es war tatsächlich ein Unfall. Die Dresdner Kollegen haben das anhand der Spuren rekonstruiert. Es gibt jedoch noch einige Fragen. Herr Krämer, Ihr Begleiter, kann sie uns gewiss beantworten.«

»Dieser Mensch ist nicht mein Begleiter. Ich habe ihn soeben erst kennengelernt. Sagen Sie mir endlich, was wirklich mit Marie passiert ist.«

»Ihre Schwester hat ein Gewehr gereinigt, dabei muss sich ein Schuss gelöst haben.«

»Niemals! Marie war immer sehr vorsichtig.« Energisch schüttelte Grete den Kopf, dann nickte sie in Alwins Richtung. »Dieses Schwein hier muss sie abgelenkt haben, er hat sie auf dem Gewissen.«

Alwin spürte, wie ihm das Blut aus dem Gesicht wich. Wieder sah er Marie vor sich, hörte ihre Anklage. Weiß der Himmel, woher sie von seinem Vorleben erfahren hatte. Die Gefängnisstrafe konnte sie ihm verzeihen, die anderen Frauen nicht. Das hatte sie geschrien, und nebenbei hatte sie an diesem blöden Gewehr herumgefummelt.

Er hatte geglaubt, sie wollte ihn erschießen. Da war er abgehauen, doch bevor er zur Tür hinaus war, hatte es geknallt, und dann hatte Marie auf einmal in ihrem Blut gelegen.

»Ich bin sicher, Herr Krämer wird alles aufklären.« Der Polizist zückte ein Notizbuch.

Grete spuckte aus. »Sie kennen ja noch nicht einmal seinen richtigen Namen.«

»Der tut ja auch nichts zur Sache«, warf Alwin ein.

In der Zwischenzeit schien der Polizeibeamte in seinem Buch gefunden zu haben, wonach er gesucht hatte. Sein Zeigefinger tippte auf einen Namen. »Die deutschen Kollegen konnten die Schwester der Toten bislang nicht informieren, weil sie nicht auffindbar ist. Seit Jahren wird nach ihr gefahndet. Diese Schwester wären dann also Sie. Viola Kannegießer, nicht wahr?«

Gretes Gesicht hatte auf einmal rote Flecke. »Ich komme aus Leipzig, und mein Name ist Margarete Grabbe.«

»Das können Sie Ihrem Anwalt erzählen. Wie gesagt, nach Ihnen wird gefahndet. Wegen Heiratsbetruges. Sie dürften hinlänglich wissen, dass das eine Straftat ist.«

Alwin glaubte, sich verhört zu haben. »Du bist eine Heiratsschwindlerin?«

»Na und?« Grete schob trotzig die Unterlippe vor.

Die Polizisten dirigierten sie zum Ausgang.

Alwin folgte ihnen. So weit war es also schon mit ihm gekommen, dass er eine ehrliche Frau nicht von einer Betrügerin unterscheiden konnte. Beinah wäre auf eine Berufskollegin hereingefallen.

Er sollte sich frei nehmen, einfach mal raus und alles vergessen. Jetzt, da man ihn nicht wie angenommen des Mordes verdächtigte, stand ihm die ganze Welt offen. Es gab überall Hotels, die voll von reichen Witwen waren. Er hatte die Wahl.

Abgetaucht

»Auf Matrosen Oheeeeee ...« Helmuts kratziger Bariton dröhnte durch die Kombüse.

Martin stand am Tisch und schnippelte Tomaten. Einen Moment lang passte er nicht auf, und prompt schnitt er sich in den Finger. Er steckte ihn in den Mund und lutschte daran.

»Einmal muss es vorbei seiiiiin ...«

Wenn es nur wirklich endlich vorüber wäre. Der Segeltörn war ein kompletter Reinfall. Ganz anders, als sich

Martin seine Auszeit vorgestellt hatte. Wie immer hatte Laura bestimmt, wie ihr Urlaub auszusehen hatte. Diesmal also auf hoher See. Eine Woche auf einem Segelboot kreuzen vor Griechenland, nur er und Laura.

Und Skipper Helmut, der ihm von der ersten Stunde an auf die Nerven ging mit seinem Gesang.

Laura hingegen hatte einen Narren an Helmut gefressen. Ein sensibler Ehemann wie er spürte so etwas.

Martin war Dirigent. Keiner von denen, die sich mit Vorliebe in dunkle Rollkragenpullover kleideten und zur Sicherheit vor Erkältungsinfekten noch einen weißen Schal um den Hals schlangen. So etwas hatte Martin nicht nötig. Sommer wie Winter trug er sein Lieblingsshirt. Es war rot, und die Rückseite war mit den ersten Takten von Schuberts Sinfonie in h-Moll bedruckt. Der Unvollendeten.

Unvollendet, wie auch Helmuts Gesangseinlagen blieben. Ständig hörte er nach ein oder zwei Zeilen auf, nur um ein anderes Lied anzustimmen. Klar, dass das einen regelrecht wahnsinnig machen konnte.

Laura kam aus der Kabine, Helmuts Gegröle musste sie geweckt haben.

»O Soooooole mio ...«

»Halt die Klappe«, stöhnte Martin.

Wie immer guckte Helmut verständnislos. Gleich zu Beginn des Törns hatte er erzählt, dass er sich mal bei einer Castingshow beworben hatte. Das Supertalent oder so. Dort hatte ihm einer der Juroren mit drei Worten klargemacht, was er von ihm und seinem Geträller hielt: DU SINGST SCHEISSE.

Damit hatte er Martin aus dem Herzen gesprochen. Leider sah Helmut das anders. Der war nach wie vor davon überzeugt, dass er mit seinen Liedern die Welt erobern könnte. Oder wenigstens Laura, denn er zwinkerte ihr zu.

»Jungeeeee, komm bald wiiiieder, bald wiiiieder nach Haus ...«

Martin rümpfte die Nase.

»Jungeeeeee, fahr nie wiiiieder ...«

»Das ist ja nicht auszuhalten. Ich verschwinde nach oben.« Martin stieg den Niedergang hinauf aufs Deck.

In seinem Rücken hörte er Laura lachen. Teller und Besteck klapperten, bald gab es Abendessen. Mit vollem Mund konnte Helmut dann wenigstens nicht mehr singen.

Martin schaute auf die Wellen, die leise an die Bordwand platschten. Seit sie vor zwei Stunden angekommen waren, ankerten sie vor der Küste von Paxos. Die Insel hatte ihn willkommen geheißen: grüne Hänge hinter weiß getünchten Häusern, davor das leuchtend blaue Meer und alles getaucht in den Schein der tiefstehenden Sonne.

Bei diesem Anblick hatte er das erste Mal seit Beginn der Reise das Gefühl gehabt, abschalten zu können. Bis Helmut beim Ankern aus vollem Hals Gunter Gabriels ›Hey Boss, ich brauch mehr Geld‹ zum Besten gegeben hatte. Das hatte Martin auf den Boden der Tatsachen zurückgeholt.

Am Tag vor seinem Urlaub hatte ihm der Direktor des Stadttheaters verkündet, dass das Theaterorchester mit den Musikern der Oper fusionieren würde. Das Opernhaus hatte unlängst einen weltweit renommierten Dirigenten eingestellt und da zwei Dirigenten aus finanziellen Gründen nicht in Frage kamen, war Martin nun überflüssig geworden.

Laura brachte die Teller mit den Nudeln an Deck, und sie aßen. Dazu tranken sie den roten Wein der Einheimischen. Er ging ins Blut, außerdem verursachte er bei Martin Sodbrennen, daher meldete er sich nach dem Essen freiwillig zum Abwaschen.

»Einmal um die gaaaaanze Welt und die Taaaaaschen voller Geld ...« Helmuts Stimme übertönte sogar das laute Brummen der Wasserpumpe.

Martin drehte den Wasserhahn bis zum Anschlag auf. Bald würde er nicht mal mehr das Geld für Notenhefte haben, geschweige denn um die ganze Welt reisen können.

Später, als sie in der Koje lagen, fand er keinen Schlaf. Leise stand er auf und tappte aus der Kabine. Er schaute auf die Lichter der Insel, und plötzlich war sie da, die Idee. Er würde komponieren, ein Musical oder eine Operette. Oder noch besser: eine Oper. Sein Einkommen wäre wieder gesichert, und auch Laura würde glücklich sein, wenn er eine neue Arbeit hätte.

Zurück in der Kabine suchte er nach dem Schreibzeug, das Laura überall mit hinschleppte. Da er es nicht fand, beschloss er, draußen im Salon nachzusehen. Der Raum schloss sich nahtlos an den Kombüsenbereich an und war kaum größer als sechs Quadratmeter. Im Grunde verdiente er die Bezeichnung als Salon nicht, doch Helmut bestand darauf, dass Martin nicht nur wie ein Segler arbeitete, sondern auch so dachte und sprach. Der Salon war eben ein Salon und kein Kabuff, wie er unvorsichtigerweise am ersten Tag behauptet hatte.

Auf dem Tisch lag ein längst abgelaufener Kalender. Die Rückseiten der Monatsblätter waren weiß und leer, für seine Zwecke würden sie vorerst genügen. Also nahm er sie mit an Deck.

Der Wind hatte sich gelegt, und im Wasser spiegelte sich der Mond wie ein aufgeschlagenes Ei. Eg sunny side up, summte es in Martin, als wäre Spiegelei die Inspiration, auf die er gewartet hatte. Als ihm nach zehn Minuten angestrengten Nachdenkens nichts weiter dazu eingefallen war, beschloss er, dass sich etwas so Schnödes wie Eier nicht als Thema für eine Oper eignete.

Vom Ufer näherte sich Motorengeräusch. Lachen wehte durch die Bucht. Deutlich erkannte er Frauenstimmen, sie klangen jung und ausgelassen. Die Damen steuerten ihr Boot zu einem der in der Nähe liegenden Segelschiffe. Die Bugwellen des Motorbootes erreichten die Yacht und brachten sie zum Schaukeln. Wasser, fiel Martin unvermittelt ein. Sein Werk würde von Wind und Meer handeln, gepaart mit Romantik. Eine unglückliche Liebe vielleicht, Verzicht und Leiden. So etwas machte sich gut auf der Bühne. Er zückte seinen Stift, und bald war er so in die Arbeit vertieft, dass er seine Umgebung und Helmut vergaß.

Am nächsten Morgen wurde er von einem Geruch nach gebratenem Schinken und ›Immer, immer wieder geht die Sooooonne auf‹ geweckt. Martin kniff die Augen zu, um sie gleich darauf aufzureißen. Übergangslos war Helmut von Udo Jürgens zu Karel Gott gewechselt. ›Singen, kochen, tanzen, lachen, glücklich machen ...‹ Babicka war eindeutig zu viel des Guten. Martin taumelte in die Kombüse.

Laura hatte ein Frühstück zubereitet, das seine Laune erheblich hob. Nachdem er wie üblich den Abwasch erledigt hatte, schlüpfte er aus seiner Hose und kletterte die Leiter am Heck hinab ins Meer.

Ein Bad würde zugleich auch seine Gedanken reinigen, dann würde ihm auch einfallen, wie die Handlung seiner Oper weitergehen sollte und wie er die einzelnen Akte skizzieren konnte. Mit ausholenden Zügen schwamm er um die Segelyacht herum. Am Bug stand in knallroten dicken Lettern ihr Name: Appolonia.

Helmut beugte sich über die Reeling und sang: »Sexbomb, Sexbomb …«

In Martins Mund sammelte sich saure Spucke. Als ob er in eine Zitrone gebissen hätte. »Weißt du, warum die Yacht Appolonia heißt?«

Helmut zuckte mit den Schultern.

Laura tauchte hinter ihm auf. »Appolonia war eine Märtyrerin. Sie wurde auf dem Scheiterhaufen verbrannt und ihr wurden die Zähne ausgeschlagen. Deshalb gilt sie jetzt als Schutzpatronin der Zahnärzte.«

Wenn Helmut noch lange sang, würde auch er sich bald um einen Zahnarzt kümmern müssen. Martin überlegte, wie fest er wohl zuschlagen musste, damit Helmut endlich ruhig war. Es war reine Theorie, noch nie hatte er sich geprügelt, nicht einmal als Kind.

Wieder streifte sein Blick den Bug des Schiffes. Seine Oper hatte noch keinen Titel. Appolonia war gar nicht so übel, außerdem war sie eine Frau. Ein guter Name für eine Heldin. Unwillkürlich dachte er an Laura.

Am Abend - Laura war schon in der Koje - saßen er und Helmut an Deck und beobachtete den Sternenhimmel. Gott sei Dank schien Helmut mal kein Lied parat zu haben.

»Weißt du, was für ein Glückspilz du bist?«, fragte Helmut. »Deine Laura ist eine Frau, wie man sie sich nur wünschen kann. Wenn du nicht wärst, ich würde mich glatt in sie verlieben.«

Martin blieb stumm, aber in der Nacht skizzierte er den nächsten Akt seines Werkes. Der Musiker Helmuto war in die schöne Appolonia verliebt, die in einer Hafenkneipe das Zepter schwang und mit einem Seemann verheiratet war. Martinus war sein Name.

Nacht für Nacht tauchte Helmuto auf und brachte Appolonia ein Ständchen. Leider hatte er eine grauenvolle Stimme und deshalb bezog er jedes Mal eine reichliche Portion Schläge für seinen Gesang.

»Komisch, dass du so müde aussiehst«, stellte Helmut am nächsten Morgen fest.

Kein Wunder, Martin hatte die ganze Nacht gearbeitet. Diesen Abend wollte er mit Akt Nummer drei beginnen.

Der Wetterdienst hatte Wind angekündigt und tatsächlich wurden die Wellen schon bald höher. Martins Magen schlug Purzelbäume.

Laura hatte den Anker gehievt. Helmut stand breitbeinig am Ruder und warf den Motor an. »Ich gehe in den Wind. Klar zum Setzen Großsegel!«

Laura stürzte ins Cockpit an die Winschen. »Ist klar.«

Während sie die Schotleinen festzog, kontrollierte Martin das restliche Tauwerk. »Das Großsegel hängt.«

»Großsegel kann gefahren werden, heißt das«, bellte Helmut.

Martin zuckte mit den Schultern.

Der Tag war böig, das Schiff kam im Wind schnell voran. Längst hatte Helmut den Motor abgestellt. Ab und zu korrigierte er den Kurs.

Mit gerunzelter Stirn suchte Martin den Horizont. Sein Magen kämpfte mit seinem Willen, Helmut nicht zu zeigen, wie beschissen es ihm ging. Im Stillen betete er, dass das Wetter umschlagen möge, und wie durch ein Wunder flaute der Wind tatsächlich nach einer Weile ab. Sie holten die Segel ein und tuckerten zur Mittagszeit vom Motor getrieben in die Bucht von Erikoussa. Bis auf fünfzig Meter fuhren sie an das Inselufer heran und ankerten vor dem menschenleeren Strand.

»Lasst uns an Land schwimmen.«
Kopfüber sprang Helmut ins Meer.

Martin folgte ihm. Das Schwimmen
lenkte ihn von seiner Übelkeit ab, und
als er sich am Strand in den Sand fallen
ließ, verspürte er sogar wieder Hunger.
Laura war ihnen mit dem Beiboot
gefolgt und warf ihm ein Handtuch zu.

»Deine Spuren im Saaaaand ...« Helmut grinste breit.

Das Lachen wird dir noch vergehen,
dachte Martin und nahm sich vor, Helmuto im dritten Opernakt aus Appo-
lonias Hafenkneipe direkt in eine Jau-
chegrube stürzen zu lassen.

Er streckte sich aus und verschränkte
die Arme hinter dem Kopf. Das Sonnenlicht blendete ihn, und er schloss
die Augen. Kurz darauf war er eingeschlafen.

Im Traum sah er Laura hinter einer
Theke stehen, sie trug ein weißes Kleid
und ein Kopftuch, unter dem ihre ver-

schwitzten Locken hervorlugten. In der linken Hand hielt sie einen Bierhumpen, in der rechten ein Blatt, auf dem eine Melodie stand. Sonderbarerweise wunderte es ihn kein bisschen, dass sie das Lied mit einer kratzigen Baritonstimme zum Besten gab. Die Gäste der Kneipe sangen lauthals mit, auch er.

Als er erwachte, war es dunkel. Sein Hals schmerzte, als hätte er mit Reißzwecken gegurgelt.

In zwei Metern Entfernung brannte ein Lagerfeuer und beleuchtete Helmut und Laura, die davor hockten und vertrocknete Palmwedel in die Flammen legten. Für einen Moment loderten die Flammen auf, nur um gleich darauf in sich zusammenzufallen. Laura stand auf und entfernte sich, vermutlich um weitere Wedel zu holen.

Martin gesellte sich zu Helmut. »Warum nimmst du keine Zweige? Damit würde das Feuer länger halten.«

»Ich hatte schon Mühe, selbst dieses dürre Zeug zum Brennen zu bringen. Ohne das Papier hätte ich es vergessen können.«

»Papier?«

»Es war nur ein alter Kalender. Ich habe ihn von der Yacht geholt, du hast ja gepennt und dich um nichts gekümmert.«

»Ich fasse es nicht. Das war meine Oper, du Spinner. Du hast sie als Feueranzünder benutzt.«

Helmut schob ein paar aus der Glut gefallene Palmblätter zurück. »Jetzt reg dich mal ab. Du bist Dirigent und kein Komponist. Du kannst das doch gar nicht. Und auch sonst bringst du wenig zustande. Was glaubst du, warum Laura wollte, dass ich mit euch diesen Segeltörn mache? Zur Erholung? Dass ich nicht lache. Was beibringen soll ich dir, was Handfestes. Dinge, die im Leben nützlich sind. Deine Laura will keinen erfolglosen Künstler. Sie braucht einen Kerl, der mit beiden Beinen auf dem Boden steht. Einen, an den sie sich anlehnen kann.«

»Einen wie dich, was?«

»Gut, dass du es endlich kapierst.«

Mit einem Schrei sprang Martin auf Helmut zu und riss ihn zu Boden. Sie kullerten durch den Sand bis zum Ufer. Helmut wollte hoch, aber Martin warf sich erneut auf ihn und zog ihn mit sich ins Meer. Helmut schlug nach ihm und traf ihn am Ohr. Martin tauchte unter und schluckte Wasser. Er klammerte sich an Helmuts Hals und drückte zu, so fest er nur konnte. Helmut schien das nichts auszumachen. Mehr noch, er grinste ihn an, aus seinen Augen jedoch sprach tödlicher Hass, und da wurde Martin klar, dass er nicht gewinnen würde. Er hatte es versaut.

Aus den Augenwinkeln sah er Laura im Lichtkreis des Feuers auftauchen und sich suchend umschauen. Gewiss würde Helmut ihn liebend gern ins Gefängnis bringen. Tätlicher Angriff, Todschlag oder sogar Mord – selbst für den Versuch gab es mit Sicherheit viele Jahre. Wenn er schon von Laura getrennt werden sollte, dann wollte er zumindest bestimmen, wie.

»Hilfe«, kreischte er. »Helmut bringt mich um.«

Laura musste ihn gehört haben, sie blickte aufs Meer.

Helmut wand sich aus seinem Griff. »An dir mach ich mir doch nicht die Finger schmutzig.« Seine Hand krachte auf Martins Schulter. Offenbar wollte er ihn an Land zerren.

Laura stand jetzt am Ufer. Ihr Umriss hob sich als Schatten vor den Flammen des Feuers ab.

»Ich will nicht sterben«, brüllte Martin, so laut er konnte. Er spürte steinigen Grund unter seinen Füßen, riss sich von Helmut los und stürzte. Das Wasser schlug über ihm zusammen, er strampelte und es gelang ihm, den Kopf ins Freie zu bringen.

»Mörder«, schrie er.

Helmuts Finger gruben sich erneut in seine Schulter.

Martin ließ sich fallen, und auf einmal war Helmut weg. Mit schnellen Zügen tauchte Martin ins freie Meer hinaus. Als er keine Luft mehr hatte, schwamm er an die Oberfläche. Er war ein gutes Stück abgetrieben. Das Ufer war nur noch als schmaler Rand zu erkennen, das Feuer beinah erloschen.

Der Lichtstrahl einer Taschenlampe stach wie ein hellleuchtender Finger durch die Nacht, schwenkte vom Ufer zum Wasser hin, tanzte über die Wellen, nach links, nach rechts, dann riss er eine massige Gestalt aus dem Dunkel. Helmut. Er gestikulierte und zeigte auf das Meer. Was er sagte, konnte Martin

nicht hören, er war schon zu weit entfernt.

Schweratmend drehte er sich auf den
Rücken und ließ sich von den Wellen
wiegen. Über ihm funkelten unzählige
Sterne. Wie an dem Abend, als er und
Helmut auf der Yacht gesessen und in
den Himmel gestarrt hatten. Helmuts
Worte klangen ihm im Ohr. ›Wenn du
nicht wärst, ich würde mich glatt in
Laura verlieben.‹

Martin blinzelte die Tränen weg. Irgendwann würde sich Laura diesem
blöden Skipper zuwenden. Was sollte
er dann tun? Ohne sie war er am Ende.
Sie und die Musik waren sein Leben,
das alles hatte Helmut kaputt gemacht.

Er schmeckte das Salz auf seinen Lippen. Wasser schwappte über sein Gesicht und drang in seinen Mund. Jeder
Schluck reizte seine Kehle, er kämpfte
nicht länger dagegen an. Sein letzter
Gedanke galt Laura. Hoffentlich würde

sie bezeugen, dass Helmut ihn um-
gebracht hatte.

Dann versank er in den Fluten.

Feldversuche

Anna balancierte das Tablett mit dem Jasmintee auf einer Hand und klopfte an die Zimmertür. Fast ein Jahr war sie nun schon in Werdau im Hotel Katharinenhof beschäftigt, das von allen nur *Hof* genannt wurde. Die Arbeit gefiel ihr, wurde sie doch dadurch von den Erinnerungen an die traumatischen Ereignisse der letzten Zeit abgelenkt. Und sie war dankbar, dass ihr der Chef des *Hofes*, Herr Seybold, diese Chance gegeben hatte. Ohne Zeugnisse und

Referenzen hätte sie wohl nicht so bald einen solchen Job gefunden.

»Herein«, tönte eine tiefe Stimme.

Anna stieß die Tür auf. »Der Tee ist bereit.«

»Hoffentlich ist es nicht so eine kalte Brühe wie beim letzten Mal.« Der ältere Mann, der auf dem Bett gelegen hatte, erhob sich und trat an den Tisch. Fahrig glättete er seine wilden Locken. Ein vergeblicher Versuch, wie Anna wusste. Sie registrierte die grauen Haare an seinen Schläfen und die Falten auf der Stirn. Obwohl sie ihn jünger in Erinnerung gehabt hatte, sah er umwerfend gut aus. Genau der Typ Mann, auf den Frauen wie sie immer wieder hereinfielen. Es ärgerte sie, dass er sie keines Blickes würdigte, sondern den Deckel der Teekanne anhob und seine Nase in die Kanne steckte.

»Der riecht nicht nach Jasmin«, sagte er schleppend.

Den Tonfall kannte sie zur Genüge. Schon früher hatte Maschke in langgezogenen Sätzen an allem herumgekrittelt. Typisch für Dramatiker, hatte sie ihn damals entschuldigt. Heute fand sie seine Art zu reden nur lächerlich.

»Wenn dir der Tee nicht schmeckt, nehme ich ihn wieder mit«, sagte sie.

Maschke schaute auf und kniff die Augen zu Schlitzen zusammen. Kurzsichtig war er also auch mittlerweile. »Kennen wir uns?«

»Das will ich meinen. Letztes Jahr, Leipzig.« Anna glaubte zu sehen, wie es hinter seiner Stirn arbeitete.

Fred Maschke war so etwas wie der Gottvater der Leipziger Krimi-Szene und reichlich exzentrisch.

Aber genau das liebten die Leute an ihm. Auch sie war ihm auf der Stelle verfallen gewesen, sie hatte ihn förmlich angebetet. Hals über Kopf war sie bei ihm eingezogen.

Auf Maschkes Stirn hatten sich tiefe Falten gebildet. »Du?«

Endlich hatte er geschnallt, wer sie war. »Ich«, bestätigte sie trocken.

»Mein Gott, du siehst gut aus. Wirklich.«

Erbärmlich, wie er immer noch lügen konnte. Nachdem sie aus Leipzig weggezogen war, hatte sie sich die blonden Haare dunkelrot getönt und eine Brille mit einem breiten, schwarzen Gestell zugelegt. Beides stand ihr nicht, und das wusste sie auch. Trotzdem hatte sie an ihrer Verkleidung festgehalten, mit voller Absicht.

»Wie geht es Benny?«, kam sie ohne Umschweife auf den Punkt. Benny war ihr Ehemann.

»Er ist gestorben. Es tut mir leid.«

Anna schaute Maschke wortlos an. *Natürlich* war Benny tot. Sie selbst hatte ihm die Tabletten in den Cuba Libre gemischt. In der *Blaufuchsbar*, in der ihr treuloser Gatte mit seinem Flittchen feiern wollte.

Im Halbdunkel hatte Benny die Frau mit der schwarzen Perücke, die neben ihm am Tresen lehnte, wenn überhaupt, dann nur am Rande bemerkt. Es war so einfach gewesen.

»Akutes Herzversagen, das haben die Ärzte festgestellt«, sagte Maschke.

»Tja, er hätte besser auf sein Herz achtgeben sollen.« Und auf mich, setzte Anna in Gedanken hinzu.

»Benny hat dich unendlich geliebt.« Maschke brachte doch tatsächlich so etwas wie ein Lächeln zustande. Dieser Idiot.

»Wie man's nimmt. Immerhin hat er dich beauftragt, mich zu verführen, damit er sich in Ruhe um seine Geliebte kümmern konnte«, sagte sie sanft.

Ihre Ruhe schien Maschke aus dem Gleichgewicht zu bringen. Vielleicht hatte er erwartet, dass sie wie eine seiner Romanheldinnen tobte und ihm eine Szene machte.

»Hat es dir wenigstens Spaß mit mir gemacht?«, fragte Anna.

Maschke ließ sich in einen Sessel am Tisch fallen. »Setz dich doch. Da redet es sich besser.«

Der hatte vielleicht Nerven.

»Weich' mir nicht aus. Ich möchte wissen, was du dir dabei gedacht hast.«

Jetzt grinste Maschke. »Na gut. Du bist zwar nicht meine schönste Eroberung, aber ich habe viel durch dich gelernt.«

Nicht die Schönste! Anna musste an sich halten, um ihm nicht den heißen Tee ins Gesicht zu schütten. »Gelernt?«

»Schreib nur das, was du kennst«, sagte Maschke und lehnte sich zurück.

»Soll das heißen, du hast über mich geschrieben?«

»Wenigstens *das* scheinst du zu verstehen. Damals habe ich an meinem neuen Roman gearbeitet, einem Krimi. Ein Mann beauftragt einen Killer, seine Frau zu entführen, wohl wissend, dass er ihm kein Lösegeld zahlen wird. Der Killer bringt das Weib um, der Mann kassiert die Auszahlung ihrer Lebensversicherung und gibt dem Killer ein Stück vom Kuchen ab. Alle sind zufrieden.«

»Zufrieden? Was ist mit der Frau? Hast du auch an sie gedacht?«

Hatte er nicht, da war sie sich sicher. Sie hatte schließlich das Telefonat belauscht, in dem er sich mit Benny abgesprochen hatte.

»Was willst du?« Maschke sprang auf und tigerte im Zimmer umher. »Ich musste dich gar nicht entführen, du hast dich mir an den Hals geworfen. Und im Gegensatz zu meiner Romanfigur bin ich kein Killer. Aber Feldversuche sind für Schriftsteller extrem wichtig. Ohne sie könnte ich nie so mitreißend schreiben. Ich bin es meinen Fans schuldig, dass ich manche Dinge ausprobiere, bevor ich sie in einem Text verarbeite.«

Anna musterte ihn. Beinah tat er ihr leid, wie er da so ruhelos hin- und herrannte und sich bemühte, ihrem Blick auszuweichen. Seine Hände, mit denen er sich immer wieder durch die Locken fuhr, flatterten wie kleine Tauben. Es waren Schreiberhände, weiß und zart. Maschke hatte auch seine guten Seiten gehabt. Schnell verdrängte sie diesen Gedanken.

»Ich will auch Bücher schreiben.«

»Was?« Maschke lachte laut auf. »Du willst Autorin werden? Du hast nicht die geringste Ahnung davon.«

»Ich kann es lernen.«

Maschke blieb nah vor ihr stehen. Sie musste den Kopf nicht heben, um ihm ins Gesicht sehen zu können. Er brachte es geradeso auf 1,60 Meter. Der harte

Glanz in seinen Augen ließ sie frösteln. Da war er wieder, der Fred Maschke, den sie hasste. Ein rücksichtsloser Kerl, der immer wieder auf ihren Gefühlen herumtrampelte.

»Schätzchen, du wirst es nie zu etwas bringen«, spottete er. »In unserem Geschäft überleben nur die Starken. Du hingegen bist schwach. Aber was rede ich überhaupt mit dir. Ich habe eigentlich gar keine Zeit.«

Er ließ sie stehen und lief zur Tür. Anna folgte ihm ins Nachbarzimmer. Es war die Hochzeitssuite, in der heute Abend ein Teil der Krimi-Lesungen stattfinden sollte. Herr Seybold hatte den Raum liebevoll mit rotem Stoff dekoriert. Im Aschenbecher auf dem Nachttisch lag der Stummel einer Zigarre, daneben abgebrannte Streichhölzer. Es gab auch ein Glas und eine Flasche Whiskey. Am Bettpfosten hing ein Hut, ein Borsalino, und auf dem

Boden vor dem Bett hatte Seybold eine Schaufensterpuppe drapiert: männlich, mit dunkler Perücke und bekleidet mit einem Nadelstreifenanzug, an dessen Revers eine weiße Nelke geheftet war. Al Capone, die *Leiche*.

Seybold hatte extra Schweineblut beschafft und es auf dem Hemd der Puppe verteilt, genau dort, wo das Tranchiermesser bis zum Griff in dem Kunststoffkörper steckte.

»Mummenschanz«, knurrte Maschke und schob Al Capone mit dem Fuß beiseite.

Anna schickte sich an, die Puppe an ihre alte Stelle zurückzulegen und die verrutschte Nelke wieder zu richten. »Wir wollen unseren Gästen heute einen schönen Abend bereiten.«

»Als ob dazu solcher Firlefanz vonnöten ist. Ich bin schließlich hier die Hauptperson, das sollte sich dein Herr Chef gefälligst merken.«

Herr Seybold war ein guter Mann, tausendmal besser als dieser aufgeblasene Zwerg vor ihr, der sich anmaßte, über den Dingen zu stehen. Anna fühlte den kalten Griff des Messers in der Hand.

Maschkes Mund verzog sich zu einem höhnischen Grinsen.

Später konnte sie sich nicht mehr erinnern, wie es dazu gekommen war, dass Fred Maschke zu ihren Füßen lag, mit blutverschmierten Wunden übersät, das Messer in der Brust.

Der aus dem Erdgeschoss dringende Lärm brachte sie zur Besinnung. Die ersten Gäste mussten angekommen sein, in Kürze würde der Krimi-Abend beginnen. Herr Seybold hatte sich so darauf gefreut.

Sie schubste die Puppe unter das Bett und zerrte den toten Maschke an ihre Stelle. Noch schnell den Hut auf das Gesicht gelegt, dann huschte sie ins

Bad. Kurz darauf schritt sie die Treppe hinab.

»Ist alles bereit?«, fragte Ludger Seybold, der im Empfangsbereich wartete.

Anna nickte. »Die Puppe wirkt richtig echt.«

»Vielleicht hätte ich auf das Schweineblut verzichten sollen.«

»Ach was, Blut gehört nun mal dazu. Die Gäste werden begeistert sein.«

Seybold guckte skeptisch. »Hoffentlich ist der Herr Megastar zufrieden.«

»Herr Maschke ist oben«, erwiderte Anna. »Ich habe ihm den Tee gebracht, er hat mich sogar angelächelt.« Das war nicht einmal gelogen.

Nach und nach trafen alle Gäste ein. Mit ihnen kamen vier andere Autoren, die sich erst um den Hals und in die Arme fielen und anschließend zu dem Büchertisch der extra aus Zwickau angereisten Buchhändlerin stürzten.

Sehr gut, prima Auswahl - haste den Neuen von Beckett schon gelesen? - erste Sahne, das sage ich dir.

Die Satzfetzen drangen bis zu Anna herüber. Die Autoren gaben sich keine Mühe, leise zu sein.

Susa Kluge, die als Organisatorin des Abends fungierte, winkte Anna zu sich heran. »Ist denn der gute Herr Maschke schon da?«

»Er ist gestern angereist.«

»Ach nee, mit Übernachtung?« Susa Kluges Augenbrauen wanderten in die Höhe. Wahrscheinlich sah sie schon die Spesenrechnung vor sich.

»Ich sage ihm mal Bescheid, dass es gleich losgeht.« Anna wandte sich zur Treppe. Wenig später war sie zurück. »Herr Maschke ist nicht auf seinem Zimmer. Vielleicht ist er bereits auf dem Weg in den Leseraum.«

Es war schwer vorstellbar, dass sich jemand in dem kleinen Hotel verlaufen konnte. Der Gedanke, dass Maschke womöglich zu spät kommen könnte, schien Susa Kluge Sorge zu bereiten.

Anna kannte sie als eine zuverlässige Person, die noch nie unpünktlich gewesen war. Sie fand, dass die Autorin eine kleine Aufmunterung gebrauchen konnte, eilte hinter die Theke und füllte ein Glas. »Hier, trinken Sie.«

»Weinbrand? Um Gottes Willen! Erst die Arbeit, dann das Vergnügen.«

»Ach was, runter damit. Dann wird es Ihnen besser gehen.«

Der Schnaps schien Susa Kluge tatsächlich beruhigt zu haben. Mit einer kurzen Rede eröffnete sie den Abend, dann verteilten sich die Gäste in den Räumen, die für Lesungen vorgesehen waren. Alles schien in bester Ordnung zu sein. Bis ein markerschütternder Schrei durch das Haus gellte.

»Haben Sie das etwa arrangiert?«, fragte Seybold und guckte irritiert.

Anna schüttelte den Kopf. »Es kam von oben.«

Ihr Chef hetzte die Treppe hinauf, sodass sie kaum folgen konnte. Vor der Hochzeitssuite im ersten Stock drängten sich mehrere Gäste zusammen, in ihrer Mitte Susa Kluge. Sie hielt das Buch, aus dem sie vorlesen wollte, eng an die Brust gepresst.

»Da liegt jemand«, schluchzte eine Frau und zeigte ins Zimmer.

Seybold lächelte. »Keine Panik, Herrschaften. Das ist nur die Dekoration.« Er schob die Frau beiseite und blieb wie erstarrt stehen. Was da in einer dunkelroten Lache schwamm, hatte wenig mit der Puppe gemein, die er sorgfältig auf den Boden drapiert hatte. Da lag ein Mensch, konkret Fred Maschke, in der Brust das Tranchiermesser. Das konnte kaum gesund sein.

Anna stürzte an Seybold vorbei. »Vielleicht lebt er noch.« Sie stupste

Maschke an. »Hören Sie mich?« Als keine Reaktion kam, beugte sie sich über ihn, um Atmung und Puls zu kontrollieren.

Seybold hing bereits am Telefon. »Die Polizei ist gleich da.«

»Er ist tot.« Anna griff nach dem Messer.

»Nicht!«, schrie Seybold, doch es war schon zu spät. Mit einem Ruck hatte sie die Klinge aus dem leblosen Körper gezogen. Fette Bluttropfen spritzen. Herr Seybold presste die Hand vor den Mund und würgte laut. Das hier war eben doch etwas ganz anderes als das Schweineblut, das der Chef verwendet hatte.

Vom Treppenhaus her näherten sich eilige Schritte. Die unschlüssig herumstehenden Leute bildeten eine Gasse und ließen zwei Polizeibeamte durch.

»Guten Abend, ich bin Polizeiobermeister Pickhahn«, schnarrte der Größere der beiden. »Hier soll eine Leiche sein. Wo denn?«

»Soll ich die Decke ...?« Anna griff nach dem Zipfel der tiefroten Spitzendecke, die über die Bettkante auf den Boden hing.

»Hände weg!« Pickhahns Gesicht nahm eine dunkle Farbe an.

Anna tippte auf Bluthochdruck. 180 zu 110, mindestens. »Das ist Herr Fred Maschke, ein Künstler aus Leipzig«, erklärte sie. »Er sollte heute das Publikum unterhalten.«

»Unter Unterhaltung stelle ich mir etwas anderes vor«, brummte Pickhahn, während er ächzend neben dem Toten in die Hocke ging.

Armer Mann, dachte Anna und meinte damit den übergewichtigen Polizeiobermeister. Sie spürte den Blick von Susa Kluge auf sich ruhen und hob den Kopf. Lächelte die Autorin etwa? Ach was, sie musste sich getäuscht haben. Der Tag war eben auch für sie anstrengend gewesen.

»Vielleicht hat sich der Herr selbst getötet«, sagte Pickhahn.

»Sie sollten ihn schnellstens einem Bestattungsunternehmen übergeben«, ließ sich Susa Kluge vernehmen, dann drehte sie sich um und verließ den Raum.

Anna starrte ihr nach. Die Autorin wusste gewiss, wie die Polizei bei einem Leichenfund vorging. Die Spurensicherung, die Obduktion – das konnte man in jeder Fernsehserie sehen.

Pickhahn schickte alle hinunter ins Kaminzimmer, wo sie auf ihre Befragung warten sollten.

»Ein Anfängerfehler«, flüsterte Susa Kluge später, die sich neben Anna an den Kamin gestellt hatte und setzte hinzu: »Man darf die Zeugen nicht miteinander reden lassen. Wenn sie sich untereinander austauschen, kann sich am Ende niemand mehr erinnern, was er mit eigenen Augen gesehen hat. Oder gehört. Rückblickend kann man sich da nie sicher sein.«

»Was haben *Sie* denn gesehen?«, flüsterte Anna zurück.

»Blutspritzer auf Ihren Hosenbeinen, zum Beispiel.«

»Natürlich, schließlich habe ich das Messer herausgezogen.«

»Heutzutage kann die Polizei feststellen, auf welche Art bestimmte Spuren entstanden sind.« Ehe Anna etwas erwidern konnte, fuhr Susa Kluge fort: »Mir persönlich tut es um den Maschke nicht leid, dazu kannte ich ihn zu gut. Warten wir also ab, was unser fähiger Pickhahn unternehmen wird. Viel wird es nicht sein, der Mann stößt hier an seine Grenzen.«

»Und dann?«

»Dann erzählen Sie mir in Ruhe bei

einer Tasse Kaffee, was da passiert ist.«

Anna straffte sich. »Damit Sie mich anzeigen können?«

Susa Kluge schüttelte den Kopf. »Ich möchte mir lediglich Ihre Geschichte anhören. Wissen Sie, bei uns Autoren gibt es eine Regel: *Schreib nur über das, was du kennst.* Sie werden verstehen, dass ich selbst ungern einen Kollegen umbringen möchte, und das nur, damit ich realistisch einen Mord beschreiben kann. Sie schenken mir Ihre Story, dafür halte ich meinen Mund.«

Ein halbes Jahr später hatte Susa Kluge mit ihrem neuen Kriminalroman den Sprung in die Bestsellerlisten geschafft.

Anna hatte sich mit ihr in einem Café verabredet. Ein letztes Mal suchte sie Hilfe beim Schreiben ihres eigenen Romans. In knappen Worten schilderte sie, wie ihre Heldin Rosi überfahren wird, da fuhr Susa Kluge dazwischen.

»So geht das nicht, meine Liebe. Sie müssen sich vorstellen, wie es knallt, wenn der Wagen Rosi streift. Wird sie über die Straße geschleudert? Oder wird sie überrollt? Sie brauchen viel mehr Fantasie, meine Liebe. Und Sie müssen besser recherchieren.«

Anna saugte jedes Wort in sich auf.

Es war bereits dunkel, als sie das Café verließen. Während sich Anna in ihren alten Pick-Up setzte, ihn startete und den Gang einlegte, lief Susa Kluge quer über die Straße. Noch bevor sie den Fußweg erreicht hatte, drückte Anna das Gaspedal bis zum Anschlag durch. Der Pick-Up röhrte auf, schoss vorwärts, und Susa Kluge verschwand unter seinem Kühlergrill. Ein Holpern, dann war es vorbei.

Anna stieg auf die Bremse und hielt an. Sie fingerte ein Notizbüchlein aus ihrer Jackentasche und schlug es auf. Auf der ersten Seite prangte eine dicke

Überschrift: Studien und Recherchen. Unter der Rubrik *Feldversuche* waren zwei senkrechte Kuli-Striche gezogen. Sorgfältig setzte sie einen dritten hinzu, dann wählte sie auf ihrem Handy die Nummer der Polizei. Sie hatte einen tragischen Verkehrsunfall zu melden.

Gute Nacht, Frau König

»So geht es nicht weiter«, platzte Frau König, meine allerliebste Angetraute, eines Vormittags lautstark heraus und stoppte damit meinen Gang über den Flur. Irritiert hielt ich inne. Frau König blitzte mich zornig an, und wie immer, wenn sie so schaut, zuckte ich schuldbewusst zusammen. Dabei hatte ich keine Ahnung, warum sie dermaßen erregt war. Doch ich sollte es gleich erfahren.

Seit Jahren begebe ich mich regelmäßig gegen zehn Uhr morgens aufs stille Örtchen, mit Block und Stift unterm Arm. Derart ausgerüstet warte ich während der jedem Menschen vertrauten Tätigkeit auf Ideen, und gewöhnlich dauert es nie lange, und sie sprudeln nur so aus mir heraus. Als würde ich nicht nur den Körper, sondern auch den Geist entleeren.

Ein sympathischer Gedanke, schließlich können nur die Wenigsten zwei Dinge gleichzeitig tun, noch dazu zwei so wichtige.

Frau König aber hatte von einem Tag auf den anderen etwas dagegen und beschlossen, meine Blockade unseres Bades für diesen Zweck nicht länger zu dulden. Woher ihr Sinneswandel kam, blieb mir verborgen.

Mit den Worten ›Ich muss den Spiegel polieren‹ lehnte Frau König jede Diskussion ab.

Ich verstand die Welt nicht mehr. Resigniert verzog ich mich in mein Arbeitszimmer. Bald war ich in mein neues Manuskript vertieft und vergaß den Schrecken, den sie mir eingejagt hatte.

Am nächsten Morgen jedoch wurde ich unsanft daran erinnert. Ich war kaum im Bad verschwunden, klopfte Frau König an die Tür: »Bis du da drin?«

Schon war ich geneigt zu rufen, dass ich statt im Bad mit Käpt'n Kirk und der Enterprise auf einem Weltraumtrip sei, doch ich beherrschte mich. Stattdessen rang ich mir ein knurriges *Ja* ab und hoffte, ich hätte damit meine Ruhe.

Frau König war anscheinend anderer Ansicht. Sie rüttelte an der Klinke, dass die kleine Lampe auf dem Schränkchen neben der Tür bedenklich ins Wanken geriet. Unmöglich, dabei einen klaren Gedanken zu fassen. Ich konnte mich nicht länger auf mein Werk konzentrieren, umso mehr dachte ich an meine Ehe. Zwanzig Jahre waren wir nun schon verheiratet, das musste man erst einmal überleben. Immer wieder hatte ich meine Anpassungsfähigkeit und meine Zähheit bewiesen. Mich bekam man nicht so schnell klein. Und nun das. Meine eigene Frau wollte mich aus meinem Rückzugsort vertreiben.

Dabei hatte ich mir ganz bewusst gerade diesen Teil der Wohnung ausgesucht. Nur hier, im matten Glanz, mit dem sich das Licht an Waschbecken und Wanne bricht, kommen mir die besten Einfälle. Hier spinne ich die Fäden für meine Geschichten, erfinde Helden und Verlierer, Schmerz und Wut und Liebe.

Man muss wissen, dass unser Badezimmer völlig weiß ist. An der Wand sind weiße Fliesen, die Decke ist weiß gestrichen, und auch die übrige Ausstattung ist von einem reinen, jungfräulichen Weiß. Das ist die richtige Atmosphäre für mein Dichterhirn. Und nun sollte es mir nicht länger vergönnt sein, diesen Ort der Kreativität bedürfnisgerecht zu nutzen.

Doch was konnte ich dagegen tun? Frau König zurechtweisen und ihr den Zutritt zum Badezimmer ein für alle Mal verbieten? Ein solches Vorgehen war viel zu direkt für Menschen ihres Schlages. An besseren Tagen hatte ich mit dem Versuch, sie mental in eine bestimmte Richtung zu schubsen, mitunter gute Erfahrungen gemacht. Biegen war okay, aber brechen? Ganz schlechte Idee.

Ich bin ein friedlicher Mann, einer von den netten. Ich hasse Streit, er macht mich tagelang krank, zumal ich gegen Frau König ohnehin den Kürzeren ziehen würde. Ich beschloss, einen Spaziergang zu machen.

An diesem Tag brachte ich nicht eine Zeile aufs Papier. Ich war leer, wie ausgebrannt. Auch am nächsten und übernächsten Tag irrte ich durch die Gegend, immer auf der Suche, aber ich wusste nicht, wonach. Ein Zufall half mir schließlich auf die Sprünge.

Am Abend verzichtete ich auf das übliche Bier und servierte Frau König einen eigens von mir zubereiteten Erdbeerblütentee. Nach dem Essen nötigte ich sie, sich im Wohnzimmer langzumachen und auszuruhen. Als ich später in die Stube schaute, schlief Frau König tief und fest.

Das war meine Chance. Ich huschte ins Badezimmer und verriegelte die Tür. Dann nahm ich auf der einzigen Sitzmöglichkeit Platz, rutschte ein paar Mal hin und her, und endlich stellte sich das so schmerzlich vermisste vertraute Gefühl ein. Erleichtert griff ich zum Stift.

Seitdem arbeite ich nachts. Sobald Frau Königs blondes Köpfchen auf die Sofalehne sinkt und mir ihr leises Schnarchen verrät, dass sie schläft, schleiche ich mich davon.

Es ist natürlich anders als früher. Am meisten fehlt mir der Sonnenschein, der die Fliesen tagsüber zum Glänzen bringt, aber ich gewöhne mich allmählich daran. Beim Schreiben fällt mir der Anfang immer leichter. Es kommt auch nur noch selten vor, dass ich angestrengt lausche, ob sich Frau König nähert.

Und für den Fall, dass sie nicht mehr müde werden will, habe ich mir bereits einen weiteren Vorrat an Schlafmitteln angelegt. Groß genug, dass sie für immer schläft.

Einige Geschichten sind bereits anderweitig veröffentlicht. Für vorliegende Sammlung wurden sie überarbeitet:

Mattheis Plan in Mords-Sachsen 1, Hrsg. C. Puhlfürst/P. Steps, Meßkirch, Gmeiner Verlag, 2007
Meißner Landidyll in Mord-Ost, Hrsg. A. Hartmann/C. Puhlfürst, Zwickau, Buchvolk Verlag, 2013
Friedhofsgeflüster in Mords-Sagen, A. Hartmann/C. Puhlfürst, Zwickau, Buchvolk Verlag, 2012
Ene, mene, meck und du bist weg in Mords-Handwerk, Hrsg. A. Steiner/H. Kretzschmar, Zwickau, Buchvolk Verlag, 2015
Alle meine Entchen in Mords-Musik, Hrsg. G. Emmerlich/S.Tannhäuser, Zwickau, Buchvolk Verlag,2014
Abserviert im Zillertal in Mords-Ferien, Hrsg. A. Hartmann/C. Puhlfürst, Zwickau, Buchvolk Verlag, 2014
Verliebt, verlobt, tot in Mords-Ferien, Hrsg. A. Hartmann/C. Puhlfürst, Zwickau, Buchvolk Verlag, 2014
Feldversuche in Mord-Ost, Hrsg. A. Hartmann/C. Puhlfürst, Zwickau, Buchvolk Verlag, 2013